KUWEI
酷威文化

图书 影视

艾迪的告别

EN FINIR AVEC EDDY BELLEGUEULE

[法] 爱德华·路易斯—著

赵玥—译

四川文艺出版社

图书在版编目（CIP）数据

艾迪的告别 / (法) 爱德华·路易斯著；赵玥译
. -- 成都：四川文艺出版社，2019.9
ISBN 978-7-5411-5481-2

Ⅰ. ①艾… Ⅱ. ①爱… ②赵… Ⅲ. ①长篇小说－法
国－现代 Ⅳ. ① I565.45

中国版本图书馆 CIP 数据核字 (2019) 第 161914 号
著作权合同登记号 图进字：21-2019-423

EN FINIR AVEC EDDY BELLEGUEULE
Copyright © 2014, Edouard Louis
First Published by Editions du Seuil in 2014
All rights reserved

AIDIDEGAOBIE

艾迪的告别

[法]爱德华·路易斯 著

赵玥 译

出 品 人	刘运东
特约监制	刘思懿
责任编辑	徐 欢　宋 玥
特约策划	刘思懿
责任校对	汪 平
特约编辑	郑淑宁　申惠妍
封面设计	末末美书

出版发行　四川文艺出版社（成都市槐树街2号）
网　　址　www.scwys.com
电　　话　028-86259287（发行部）　028-86259303（编辑部）
传　　真　028-86259306

邮购地址　成都市槐树街2号四川文艺出版社邮购部　610031
印　　刷　三河市海新印务有限公司
成品尺寸　145mm×210mm　　开　本　32开
印　　张　6.25　　字　数　90千字
版　　次　2019年9月第一版　印　次　2019年9月第一次印刷
书　　号　ISBN 978-7-5411-5481-2
定　　价　39.80元

致迪迪埃·埃里蓬①

① 迪迪埃·埃里蓬是法国社会学家和哲学家，任教于亚眠大学。

第一次我的名字被说出来却没有明确所指之人。

—— 玛格丽特·杜拉斯《劳儿之劫》

目 录
CONTENTS

庇卡底

（二十世纪九十年代末—二十一世纪初）

相 逢

我对童年没有任何愉快的回忆。我的意思并不是说，在这些年中我从未感受过幸福或是快乐；只不过，它总体上是痛苦的——痛苦消泯了其他的种种。

走廊上出现两个男孩，一个是满头红发的大高个儿，另一个是驼背的小矮个儿。红发高个的男孩冲我吐了口痰，说："吞下去。"

痰从我的脸上慢慢流过，又黄又稠，就像把老人或是病人的喉咙堵得呼哧呼哧的浓痰，散发着浓重、令人作呕的味道。那两个男孩发出尖锐刺耳的笑声："看，这个狗娘养的糊了满嘴！"痰从眼睛流到嘴唇，甚至快进到嘴里。我本可以擦，只要用袖子抹一下就行——只要在瞬间做一个细微的动作就可以让痰不要挨上我的嘴唇。但是，我没有这样做，我不敢擦，怕得罪他们，怕他们变本加厉。

我没想到他们会这样做，但恰恰相反的是，我对暴力并不陌生。从记事起，我就总是看到我的父亲醉醺醺地在咖啡馆门口跟别的醉汉大打出手，打得他们鼻青脸肿、满地找牙。有人盯着我母亲的时间长了，父亲就会在酒精的作用下狂吼："你是老几？敢这样盯着我媳妇，狗杂种！"母亲则尽力安抚他："冷静……亲爱的，冷静……"父亲对此充耳不闻。最终，他的哥们儿会在某个时候出手——这都是规矩了，这样才是真朋友、铁哥们儿——把我父亲和那个此时已经满脸伤痕的倒霉鬼拉开。还有一次，我家的猫刚刚生下小猫，我看见父亲把刚生下来的小猫崽放到超市的塑料袋里，在混凝土的路边使劲摔；直到袋子里全是血，小猫停止微弱的叫声。我见过他在院子里杀猪，喝还是温热的猪血，他的嘴唇、下巴、T恤上都是血，他说："这些畜生刚死时的血最好了。"他用这些放出来的猪血做血肠，全村都能听见父亲割断猪的气管时，垂死的猪发出的尖叫声。

我十岁，是这所初中的新人。当他们出现在走廊里的时候，我根本不认识他们，连他们的名字都不知道——在这所勉强有两百名学生的学校里是很少见的，因为大家很快都互相认识了。他们走得很慢，脸上还笑着，显得没有任何攻击性，我开始还以为他们过来是为了要认识我呢。但是，为什么大孩子会主动过来跟我这个新人讲话呢？操场和其他地方的规则一样：大的不理小的。我母亲在谈到工人的时候说："咱们这些弱小的人引不起任何人的兴趣，尤其是那些大佬们。"

在走廊里，他们问我是谁，是不是贝勒格勒——那个大家都在谈论的贝勒格勒。他们当时问了我一个问题——我之后的数年里问了自己无数次。

"你就是那个娘娘腔吗？"

当他们问出这个问题的时候，就永久地给我刻上了这样的印记（希腊人用烧红的烙铁或匕首给危险的异于常规的人刻上的印记），我完全无力反驳。当时贯穿我的是惊讶，尽管这已经不是别人第一次这样跟我说了。但是，人永远都习惯不了辱骂。

我感到一阵无力，难以保持平衡。"娘娘腔"这个词在我的脑海里回响着、爆炸着，在我的身体里随着心跳的节奏跳动。

我很瘦，他们肯定认为我的自保能力很弱，几乎为零。在很小的时候，父母经常叫我"骷髅架子"，我的父亲不断重复同样的笑话："你从贴在墙上的海报后面走过去，海报都掉不下来。"在我们村，体重是很被看重的。我的父亲和两个哥哥都是大胖子，家里的好几个女人也不轻，人们总说："胖死好过饿死，这是一种好病。"

（接下来的那几年，我受够了家里人对我体重的冷嘲热讽，开始增肥。我用向姨妈要的钱——我父母不可能给我——在学校门口买薯片吃。在那之前，我一直都不吃母亲做得太油的菜，其实是怕变得跟我父亲和哥哥一样。她总是恼火地说："你吃的还不够塞牙缝的。"在所到之处，我突然开始大吃大嚼，就像蝗虫过境一样，片甲不留。在一年里，我长了四十来斤。）

开始，他们用手推我——并不是太猛——还一直笑着；然后，他们推得越来越重，我的头猛地撞到走廊的墙上。我什么都没说。他们一个人抓住我的胳膊，另一个踹我。他们打得越来越认真，脸上的笑渐渐不见了，显出越来越多的专注、愤怒和仇恨。我还记得踢在我肚子上的脚，记得头和砖墙碰撞的疼痛。人们一般都不会想到这一点——疼痛（身体突然感到的疼痛），会受伤，会鼻青脸肿。在这类情况下，我想说在外人看来，人们想的是侮辱，想的是不解，想的是恐惧，但是不会疼痛。

他们朝我肚子上踹，让我呼吸困难，喘不上气来。我尽量把嘴张开，让氧气进来。我鼓起胸膛，但是空气并没进来；我感到肺里突然充满一种黏稠的液体，就像灌了铅，沉甸甸的。我的身体抖着，好像不再属于我，不再听我的指挥了——正如衰老的躯体超越、抛弃精神，拒绝服从精神的指挥——因此，身体变成了负担。

由于缺氧，我的脸变成红色，他们还笑了起来。我都没

感觉到自己的眼睛里涌出了泪水，有时被口水或食物噎住也
会这样。他们不知道我是因为窒息才流泪的，还以为我哭了。
因此，他们变得不耐烦起来。

他们靠近我的时候，我闻到了一股臭味，就像腐烂的奶
制品或是死亡的动物。他们很可能跟我一样，从来都不刷牙。
我们村的母亲们不太重视孩子的牙齿卫生，看牙医太贵了，
而且大家都没钱，这样就让我们自然做出了选择。母亲们总
说："无论如何，生活里还有更重要的事。"甚至到现在，我还
在为我的家庭和社会阶层的这项疏忽承受着巨大的痛苦，忍
受着数个无眠之夜。数年之后，我到巴黎上师范学校的时候，
一些同学还问我："为什么你父母不带你去看牙医呢？"我就
撒谎，说我父母是有点老好人的知识分子，他们太关心我的
文化课了，有时就会疏忽我的健康。

走廊里，红发高个儿和驼背小矮个儿喊叫起来。他们一
边搂我一边辱骂我，而我一直一言不发。"玻璃、基佬、娘娘
腔、死受、兔子、同性恋……"我们有时会在挤满学生的楼

梯或操场中相遇。他们不能在众目睽睽之下打我，他们没那么蠢，那样有可能被开除。他们就骂我，骂"娘娘腔"（或是别的）。周围没人在意，但是大家应该都听到他们的辱骂——我猜大家都听到了，因为操场上或走廊上其他人的脸上露出微笑。他们感到高兴，因为看到红发大高个儿和驼背小矮个儿主持正义，说出所有人默默想着、在我经过时窃窃私语的话："看，这就是贝勒格勒，那个娘娘腔。"

父亲

　　我父亲生于 1967 年。那一年，村里的女人们不去医院生产，在家里分娩。他母亲生他的时候，躺在长沙发上，上面满是灰尘、猫毛和狗毛，以及粘满泥巴的鞋带回来的脏污。村子里有公路，但也有为数众多的人还在走的土路。孩子们经常跑到那儿去玩，挨着田地边，还有用泥土和石头混合而成的"公路"——上面并没有浇筑混凝土以及夯土的人行道，一到下雨天，那里就会变成一摊流沙。

　　上初中之前，我每周都去"土路"骑好几次自行车。我在自行车辐条上系一小块硬纸壳，踩脚踏板的时候就会发出摩托车那样的响声。

我父亲的父亲嗜酒，像村里的大部分男人一样，喝烈酒、茴香酒和五升的瓶子里装的葡萄酒。他们去食品杂货店买酒——那里还兼顾咖啡馆、烟草零售和面包代卖的功能。不论几点，他们都能在那里买到东西，只要敲老板的门就行，因为老板总会提供服务。

父亲的父亲经常喝很多酒，一喝醉就打他母亲。他会突然转向她，骂她，把手头所有的东西都砸向她，有时甚至会把椅子扔过去，然后开始动手打她。我父亲当时太小了，还被困在儿童孱弱的身体里，只能无能为力地看着他们，默默地累积着恨意。

我的父亲不爱说话，不会给我讲很多事，至少不说这些事。所以，这些就由我母亲负责了，这是她作为女人的职责。

一天早晨，父亲的父亲毫无预兆地离开了，之后再也没回来，当时我父亲才五岁。我的祖母给我讲了这个故事——祖母偶尔也会讲讲家里的陈年旧事（这总是女人的职责）——在之后的数年，她每次讲起来都眉开眼笑，很高兴终于能摆脱她丈夫。"一天早上，他去厂里上班，就再也没有回来吃饭，尽管我们一直等着他。"他是工厂里的工人，是那个把工资带回家的人。他失踪了，家里就没钱了，几乎没东西可以给那六七个孩子吃。

我父亲一直都没有忘记，他当着我的面说："这个人抛弃了我们，让我妈妈一无所有，我要在他身上撒尿。"

我父亲的父亲三十五年之后死去的时候，那天，我们全家正在主屋里看电视。

父亲接到电话，电话里的那个人对他说："您的父亲今天早晨逝世了，是癌症。上次，他爬到树上去砍树枝，结果砍掉了自己坐着的那根树枝，他一边的髋骨粉碎性骨折，伤口恶化了。我们尽力了，还是没能把他抢救过来……"当电话里的那个人说到砍树枝受伤时，我父母大笑起来，花了点时间才重新呼上气来。"砍了自己坐的那根树枝，这个笨蛋，但是还是应该这样干。"事实上，接到髋骨粉碎的通知时，我父亲就高兴不已，他对我母亲说："这个渣滓终于死了，我要去买瓶酒庆祝一下。"之后几天，在他庆祝四十岁生日时，他都没那么高兴过。他还说间隔几天就有两件事要庆祝，有两个机会"乐一下"。我也和他们一起庆祝，笑着，孩子经常模仿父母的状态，虽然不完全明白原因，但在母亲哭的日子，我也会学她哭。庆祝的时候，父亲甚至想着要给我买汽水和我酷爱的咸味小饼干。我一直不知道他是不是在默默地承受痛苦，不知道他听到他父亲死讯时的微笑是不是跟我被人在脸上吐痰还微笑的性质是一样的。

我父亲很早就不去学校了。他喜欢邻村晚上的舞会和伴随舞会不可缺少的斗殴；喜欢骑着轻便摩托车——我们都叫"小绵羊"——去池塘边，在那儿待几天钓鱼；喜欢白天在修车房里改装小摩托（"乱搞他的小车"），让它更强劲更快速。甚至去上高中的时候，他经常被赶出来，因为挑衅老师，辱骂同学，还有上课的时候缺席。

关于斗殴，他有很多可说："我十五六岁的时候可是个硬汉，我不停地在学校或在舞会上打架，还和伙计们喝酒。我们没什么可在乎的，只有玩……真的，那时如果厂子赶我走，我就再找一个，这可跟现在不一样。"

他确实停止了为取得职业文凭的高中学习，应聘去村里生产黄铜元件的工厂当了个工人，就像他父亲、祖父和曾祖父之前一样。

　　村里的硬汉代表着被大肆鼓吹的所有男性价值观，他们拒绝向学校的课程屈服。对他来说，曾经是个硬汉很重要。当父亲说到我的某个兄弟或是表兄弟是个硬汉的时候，我能在他的声音里听出欣赏之意。

　　一天，我母亲告诉他自己怀孕了。那时是二十世纪九十年代初，她就要生下一个男孩，就是我——他们的第一个孩子。我母亲在头婚中已经生了两个孩子了——我哥哥和姐姐——是和她第一个丈夫生的。那是个醉鬼，死于肝硬化，死后的数天才在地上发现他的尸体。当时他的身体已经半腐烂了，身上爬满了虫，尤其是脸颊上腐烂得更厉害，那里有一个洞，足有高尔夫球洞那么大，就在蜡黄的脸中间，已经露出了颌骨，里面爬动着蛆虫。我父亲很高兴母亲怀孕。在我们村，重要的是不光是自己曾经是硬汉，还要会把儿子教育成硬汉。父亲们通过儿子们来加强自己的男性身份，把自己的男性价值传递给他们。因此，我父亲也将要这样，要把我养成硬汉，这事关他作为男人的骄傲。他最终决定叫我"艾迪"——这取自他在电视上看的（总是看电视）美国片。再加上他传给我的姓氏，"贝勒格勒"，以及这个姓氏承载的过去。因此，我被称为"艾迪·贝勒格勒"，一个硬汉的名字。

举止

很快，我就粉碎了父亲的希望和梦想。从我刚生下来几个月起，大家就发现了问题。我似乎生来如此，没人理解这股未知力量从何而来，我本人也成了自己躯体的傀儡。当我开始能够表达、学着说话时，他们发现我的嗓音自然而然地带着女性化的语调，比其他小男孩讲话的声音更尖。每次我讲话的时候都会手舞足蹈，双手在空中朝四面八方神经质地挥舞着、扭动着。

我父母把这个称作"装模作样"，他们经常对我说："别装模作样了。"他们还自问："为什么艾迪娘里娘气的？"他们命令我："静一静，你难道不能停止你那些疯疯癫癫的大动作吗？"他们认为是我自己选择要娘娘腔的，就好像我喜欢让他们不高兴。

其实，我自己也不知道我为什么会这样。我完全被这样的举止控制奴役了，不是我自己选择这种尖细嗓音的。我既没有选择步态；也没有选择走路时胯部明显地，甚至是过于明显地左右摇摆；更没有选择发自我体内的那种尖利叫喊声。我没有喊，但是当我惊讶、高兴或害怕时，声音会自发从我的嗓子里溢出。

我经常去儿童房，那里很暗，因为照明不好（没钱给里面装灯，挂个吊灯或只是安个灯泡都太贵了，所以那个房间只有一盏台灯）。

我偷了姐姐的衣服穿上，在那里做模特展示，所有能试的我都试了：短裙、长裙，波点的、条纹的，收腰 T 恤、低胸 T 恤、做旧的 T 恤或是破洞的 T 恤，还有蕾丝胸罩或是填充胸罩。

我是这些表演的唯一观众，那时我觉得这是我看过的最美的表演。我觉得自己非常美，以至于都流下了喜悦的泪水。我的心跳加快，心脏都要爆炸了。

在享受过服装表演带来的满足感之后，我气喘吁吁地，突然感到自己是个白痴，穿着女孩衣服的我实在太肮脏了。我不光觉得自己是白痴，还对自己感到恶心。变装的疯狂冲动过去之后，我感到深受打击，就像喝醉之后言行无忌，做出一些可笑的举动；在第二天酒精的作用消失之后，我满是悔恨，对自己的行为只剩下痛苦、羞耻的回忆。我想象着自己把这些衣服剪了，烧了，埋到了没人会挖开的地方。

我的爱好也是，我自己都不知道为什么，总是自动地偏向女性的兴趣。我喜欢戏剧、通俗女歌手、布娃娃，而我的兄弟们都更喜欢电子游戏、摇滚乐和足球。

随着渐渐长大，我感到父亲看我的目光越来越有压迫感，他开始感到恐惧，面对着这个他制造的怪物感到无能为力。每天，他都能更进一步地证明我的不正常。我的母亲似乎对这种情况不知所措，很早就投降了。我过去经常想：总有一天，她会离家出走，只在桌子上留张字条，解释说她再也受不了了，她也不想这样，不想生这样一个儿子，她也没准备好过这样的生活，她有权放弃。其他时候，我会想象我的父母开车把我带到路边或是森林深处，就像抛弃动物那样，把我一个人留在那里。（我知道他们不会这样做，这不可能，他们还不至于这样，但是我就是会这样想。）

我父母对我这个完全超出预料的孩子不知所措，他们热切地尝试把我引回正路。他们非常恼火，说我"疯疯癫癫的，脑袋不太正常"。大多数时候，他们叫我"娘炮"，并且"娘炮"还不是他们最强烈的辱骂——因为我可以从他们的语气中感受出——他们的辱骂中包含着无限的恶心，这比"笨蛋""蠢货"要严重得多。在这个世界上，男性价值被夸大成最重要的，甚至我母亲都说自己："我也是有种的，不会任人宰割。"

我父亲认为足球能让我变结实，他以前就建议我去踢足球，就像他年轻的时候一样，像我的表兄弟、堂兄弟和我哥哥一样。我拒绝了，因为在那个时候，我想去跳舞，像我姐姐一样。我梦想着登上舞台，想象着紧身舞衣、亮片，想象着观众为我喝彩，我全身是汗，弯着腰向他们示意——但是我知道这会带来怎样的羞辱，所以从来没承认过。马克西姆（村里的另一个男孩）会跳舞，因为他父母非让他去，因此，他承受着别人的嘲笑，大家都叫他"舞娘"。

我父亲央求我:"踢足球至少是免费的,你可以和你的表哥、村里的小朋友一起玩。试试吧,你去试试吧。"

我同意了,然后去了一次,与其说是为了讨好父亲,不如说是怕他秋后算账。

我去了,然后早早地回家了——比其他人早,因为练习完之后我们要去更衣室换衣服。我充满恐惧地发现:淋浴是公共的——我本应该早就想到,大家也都知道这一点。我回家了,对父亲说我不要继续:"我不想踢球,不喜欢足球,这不是我的菜。"他坚持了一段时间,最后泄气了。

我和父亲一起去咖啡馆的时候遇到了足球俱乐部的主席——人们都叫他"烟管"。"烟管"面带惊讶,一边的眉毛抬起来,问道:"为什么你儿子不来了?"我看到父亲垂下了眼睛,结结巴巴地撒谎:"哦,他有点生病。"有一种孩子看到父母当众丢脸、难以解释的感觉贯穿了我,就好像世界在一秒钟之内失去了一切的基础和意义。他知道"烟管"不相信他,想要补救:"哎,你知道,艾迪有点特别……嗯,不是特别,应该说有点奇怪……他比较喜欢安安静静地看电视……"说到最后,他面带遗憾、目光飘忽地承认,"好吧,我想,他是不喜欢足球。"

在我家之外，在我长大的北村，那里勉强有一千居民，我可以说自己是个还算受欢迎的小男孩，而且那里有人们所说的在乡村度过的童年该有的一切东西：树林里长长的步道，我们在树林里建的木屋，壁炉里的火焰，刚从农场拿来的热奶，玉米地里的捉迷藏，安静的街巷，发糖果的老奶奶，所有花园里都种着的苹果树、李子树、梨树，色彩绽放的秋天，盖住人行道的树叶，深陷在树叶堆里的脚丫。在秋天的时候，栗子也落了，我们会组织"栗子大战"。栗子砸到身上很疼，我经常回家时身上布满青紫，但是我一点都不会抱怨。我母亲总说道："我希望你给别人砸的青紫比你身上的更多，这样我才能知道是你赢了。"

我也听到不少人说："贝勒格勒的儿子有点特别。"有时跟我说话的人还会露出嘲讽的笑容。但是总的来说，作为村里的异类、娘娘腔，我有一种愉快的魔力。这保护了我，就像那个马提尼克人乔丹（我的邻居）一样。他是周围数里唯一的黑人，人们对他说："我确实不喜欢黑人，现在到处是黑

人，到处制造麻烦，在他们的国家打仗，来这里烧车，但是
乔丹，你是个好人，跟他们不一样，我们很喜欢你。"

村里的女性恭维我母亲说："你儿子艾迪很有教养，他跟
别人不一样，这马上就能看出来。"我母亲对此感到很骄傲，
也因此表扬了我。

在学校

    我们开车能到的最近的学校离村子有十五公里的距离。那是一座钢铁和紫红色砖结构的大楼，让人想到北方的城市和那里的工人居住的层层叠叠的逼仄房子——这种想象是对于没有去过那里、没有在那里生活过的人而言。对于真正北方的工人、我父亲、我叔叔、我婶婶他们来说，紫红色的砖并不能让他们联想到什么，最多是情绪低迷的无动于衷以及对日常生活的厌恶。这里有那些房子，那些浅红色的高大建筑，那些耸立着令人头晕目眩的烟囱的朴实无华的工厂——烟囱还在一刻不停地、持续地向外倾吐着令人眼晕的浓稠的白色烟雾……学校和工厂之所以那么相像，是因为它们只有一步之遥。大部分孩子，尤其是那些家里穷的，从学校里毕业之后就直接去工厂了。在那里，有一样的红砖，一样的钢板，和他们一起长大的一样的人。

我在四五岁的时候，向母亲提出一个问题，其中包含着孩子式提问的纯真。这种突如其来的问题让大人不得不从记忆深处挖出早已被遗忘的似乎微不足道、实际却是直击本质的问题。

"妈妈，晚上它们也要停下来吗？这些工厂也要睡觉吧。"

"不，工厂不睡觉，它从来不睡。所以，你爸爸和哥哥有时候晚上也要去厂里，就是为了让它别停。"

"那我呢？我以后也得晚上去厂里吗？"

"对。"

在学校里，一切都变了。我发现周围都是不认识的人。我的与众不同——像女孩一样的讲话方式、我的走路方式和各种姿态都是在挑衅着这些硬汉们的价值观。一天在院子里，马克西姆（另一个马克西姆）让我在他和跟他在一起的那些男孩面前跑步，并向他们保证说他们肯定会笑的。我一开始拒绝了，他威胁我如果不听他的话就会付出代价："如果你不跑，我就打烂你的嘴。"我别无选择，只能当着他们的面跑了。他还对那些男孩说："你们看，他跑得跟个娘娘腔一样。"我深感屈辱，忍不住想哭，感觉我的腿有几百斤重。每一步都无比沉重，我简直抬不起腿来跑下一步，就像是在波涛汹涌的海上逆流奔跑。

从我来到这个学校的第一天起，我每天都在院子里走来走去，想要接近别的学生。但是，没人想跟我讲话。因为，耻辱的烙印是会传染的，"娘娘腔"的朋友是会被歧视的。

走来走去的时候，我从不显露出自己是在游荡，我总是步伐坚定，让人觉得我有个明确的目的地，觉得我是要去哪儿——谁都不会察觉出实际上我是受到排挤的。

不能一直游荡，我很清楚这一点。我发现可以躲在通向图书馆的走廊上，那里基本没人，我经常躲在那里，后来每天都躲在那里，从无例外。怕别人看到我独自一人在那里等着课间休息结束，所以每当有人经过，我总是装出一副在书包里找东西的样子，让别人觉得我忙着呢，不会在这个地方长留。

　　但是，走廊上出现了两个男孩，一个是满头红发的大高个儿，另一个是驼背的小矮个儿。红发高个儿冲我吐了口痰，说："吞下去……"

痛苦

　　他们又回来了。他们很喜欢这么安静的地方，可以找到我而又不用担心学监会发现。他们每天都在那里等我，而我每天都去，就好像我们约好了，签订了一个无言的合同。既不是勇敢也不是某种鲁莽的冲动促使我走进这个走廊——这条刷着白色涂料、已有斑驳的小走廊，里面散发着医院和市政府里使用的工业生产的办公器具的味道。

　　我不是去跟他们对抗，我只是想着：在这里，没人会看见我们，没人会知道。要避免在其他地方挨揍，避免在院子里，避免当着别人，避免其他孩子觉得我挨揍了。不然，他们就会对之前的猜测确信不疑——贝勒格勒就是个娘娘腔，因为他挨揍了（或者相反的逻辑，但这又有什么重要的呢）。我更喜欢让别人觉得我是个幸福的男孩。就这样,我成了缄默的最佳盟友,在某种程度上也成了这种暴力的同谋。数年之后,我不禁去思考"共谋"这个词的含义,思考区分主动参与的共谋、无知的共谋、不在乎的共谋和出于恐惧的共谋的界限。

在走廊里,我听到他们走近了,正如有一天我母亲跟我讲过,狗可以在难以想象的距离之外,从上千个人之中区分出它主人的脚步声,虽然我不知道她说的是不是真的。

当我的头撞上砖墙的时候,一声呼啸几乎要撕裂我的鼓膜,我勉勉强强才保持住平衡。这时候,不间断的头疼让我没有办法动弹。我幻想着自己患上了脑瘤,似乎马上就要死了——就好像我曾经见过的村子里的那个年轻的女人。开始,她又高又苗条,然后突然在几周之内,她掉光了头发,长胖了好些斤。她整个人越来越蜷曲,很快就得由她丈夫用轮椅推着散步了。然后,在我来这个学校的第一年,在我十岁那年的冬天,她已经面目全非了,都说不出话来。很快之后,她就去世了。

他们扯着我的头发,总是用"娘娘腔、玻璃"这样的词辱骂、刺激着我，这让我感到头晕目眩。他们手里抓着我的缕缕金发，我怕哭，怕会更加激怒他们。

我想，我最终会习惯疼痛的，因为在某种意义上，人们是会习惯疼痛的，就像工人会习惯背疼一样。的确，疼痛会占上风。他们并没有那么习惯，他们在忍受，学着隐藏自己的疼痛。我记得我父亲就饱受疼痛之苦，因为背上的毛病，他会整夜在旁边的房间里发出尖锐的呼喊，甚至会哭。医生来给他注射皮质酮，母亲就会满怀忧虑地问："哎，这要怎么给医生付钱啊？"母亲偶尔会说："咱们家背痛是遗传的，再加上工厂里的活儿那么累……"她没有意识到这根本不是原因，而仅仅是工厂繁重劳动的结果。

女收银员（这种职业一般是女性才干，男性觉得干这种事太丢人了）在别的女孩开始学习、周末出去约会的年龄就已经习惯了手腕和手的僵硬，习惯了关节痛——就好像青春完全不是生物意义上的数据，不是简单的年龄或人生中的某个阶段的问题，而是一种特权，只保留给那些允许尽情享受这些经历和存在情窦初开情感的人。我表姐跟村里以及周围的村子里的很多女孩一样，成为女收银员，在她二十五岁的时候。但是，她经常对我说她受不了了："我受不了了，我已经要崩溃了。"然而，她并不是游手好闲的人，她也不是一味抱怨，她总会接着说能够有工作就很幸运了，"我不能说自己不幸，我也认识些没工作的人或工作更累的人，我又不懒，我每天都去工作，而且从不迟到……"每天晚上，她都要在温水里泡手，缓解关节的疼痛——这是收银员的职业病。她还总是由于身体酸痛夜不能寐。"总是起身，弯腰，起身，弯腰……这让我身体酸痛不已。"其实，人们并没有那么习惯疼痛。

红发的大高个儿和他的驼背同伴踢了我一脚之后就走了。他们边走边开始说起别的——一些日常琐碎的事。这个发现刺伤了我——我在他们的生活中微不足道，我从醒来就一直想着他们，为他们烦恼，而他们却能这么快就把我抛到脑后。

男人的角色

　　我不知道走廊里的这两个男孩会不会把他们的行为定性为暴力。在村子里，男人们从不说这个词，这个词绝不会出现在他们的嘴里。因为对一个男人来说，暴力就是自然而然、显而易见的事。

　　就像村子里所有男人一样，我父亲也很暴力；就像村子里所有女人一样，我母亲会抱怨她丈夫的暴力——尤其是在我父亲喝醉的时候。"你父亲喝醉的时候就不知道会发生什么事了，有时候他好像喝的是迷魂汤，醉了就很烦人，纠缠不休、醉醺醺地来吻我，跟我说亲爱的我爱你；有时候他简直是灌猫尿，而且灌猫尿的时候更多，我简直受够了，因为他会不停地叫我肥子、肥婆或是老货，他会跟在我身后喋喋不休……"我深以为然，就像那次平安夜，我弟弟嚷着要换电视频道，把他惹恼了，他的坏情绪会变成一腔怒火。他会起身，在那里站着一动不动，使劲握着拳，脸都快要憋紫了。有时，他还会热泪盈眶（只有喝酒的时候他才会哭，平时他会忍住，因为男人不能哭），嘴里嘟囔着别人听不懂的话。然后，他开始围着桌子转来转去，在屋子里踱步——不是烦闷、思考的踱步，而是不知如何排解怒火的踱步。他走向墙边，用拳头使劲捶墙。这座住了二十多年的房子的墙上布满了凹洞，我母亲把弟弟妹妹从幼儿园里拿回来的画贴在墙上，来遮这些洞。他捶墙的时候，手上会粘上糊墙的泥，变成栗色。他的手开始流血，他又道歉说："我即使发火也不会打你们，你们别害怕，别怕我……我爱你们，你们是我的孩子、我的老婆，别担心，我只会捶墙，不会打自己的老婆孩子……就算我把家里的墙全都捶烂，也绝不会像我那混蛋老爸一样揍我的家人。"

他心心念念不要成为他父亲那样的人，所以他很厌恶我的哥哥，他觉得我哥哥很暴力，对自己亲近的人都很暴力。

他评判哥哥的行为时总是很严厉，甚至带着某种恨意。我哥哥在职校毕业、拿到专业技术工人的证书之后，就不去上高中了，很快就开始酗酒。而且，他酒品还不好。

我们是从一个他交往了好几个月的女人口中得知这一情况的。一天深夜，她给我父母打电话，铃声把他们吵醒，我母亲接的电话。我能听见她说的话，因为没门——她在厨房，或是客厅，又或是饭厅讲话。她要求对方重复一遍，然后勃然大怒："什么！呃，再说一遍！不可能啊，蠢货！"然后又是各种喊叫和惊叹。

她听到那个女人说的话后大吃一惊、极为震动，叫来我父亲。这种事是第一次发生，之后就是一系列的没完没了，后来发生的次数多了，连最小的细节都是完全相似的场景。

她朝我父亲喊道："你醒醒，他又干蠢事了，但是这次很严重，真的很严重。他喝醉了，打了他女朋友。她在电话里跟我说她浑身青紫，还在流血，基本上都毁容了；还跟我说她爱我们的儿子，尊重我们，也不想给我们多添烦恼，但是这次她得要告他。因为我们的儿子一喝酒就很暴力，他打人已经不是第一次了，但是这次太过分了。"我哥哥的女朋友去看了医生，并验了伤，让对方看了自己身上遍布的血肿。因为她的起诉，我哥哥又一次被罚去做社会服务。

我姐姐的经历恰恰相反，就好像是镜子里映出来的，在她和我哥哥——男性和女性之间形成的完美对称。她在和住在我家几条街之外的一个男孩交往——村里的女孩经常和村里的男孩，或是方圆几公里内的男孩一起过日子。他在买汽车之前都是骑轻便摩托来找她。对于硬汉来说，摩托车是勾引女孩的一种手段，在她们面前表演独轮骑或是漂移，或者让女孩坐在后座上，对她说"你看，我的车不错吧"，都能打动她们。

他们很快就在一所小公寓里同居了——还在我们村里，和我家隔着几条街。他没工作，所以我母亲不支持他们这段关系，认为女人养男人是不体面的。我母亲说："她还是不能和一个吃软饭、花她的钱的懒汉一起过日子。他都快成了家庭妇男了。"

后来，我母亲发现这个男孩打了我姐姐。当我姐姐从村

里的面包房回来时——她在那里当售货员——母亲发现她的
状态很奇怪，精神不好，脸色很苍白。"她的脸白得像纸一
样。"我母亲确定地说，"我确信是这样，我肯定，因为那是
我女儿，从小我给她换尿布的女儿，她有什么不对的地方我
一眼就能看出来。我又不蠢。我看见她眼睛下面有一块印子，
肯定是那个小子揍她了。"

第二天，我姐姐来看父母。她看了部电影，又和我母亲
聊了几句。她的右眼下确实有块青紫发黄的印子。她来了之
后，父亲和母亲沉默了一会儿，然后我父亲假装平静地问了
我姐一句："你眼睛下面的印子是怎么回事？"实际上说他爆
发可能更合适，但他说话时没有抬高声调，尽量控制着自己
的暴躁。我姐姐的目光里一片恐慌，开始结结巴巴地讲话。
在她还没说一个字时，我们所有人已经知道她要撒谎了。她
说："没什么，我从楼梯上摔下来撞到家具了。"然后，又开
了个玩笑来掩饰自己的尴尬，因为她已经意识到我们知道她
在撒谎，"总之，你们都了解我，我总是什么都不注意，我有
时候怎么这么蠢啊……"我父亲继续盯着她，越来越生气，
越来越难以掩饰自己的情绪。狂怒让他的脸都变形了，就像

他用拳头捶墙的时候一样。他警告我姐姐,如果她继续和这
个男孩交往,他就不想再见到她。他就真的好几个月都没见
她。虽然我们知道,他的反应不合适,我姐姐又不该对此负
责;但是他就是控制不住自己的情绪,而且他很少尝试控制自
己的情绪,甚至还以此为荣:"我是个容易激动的人,我可不
能让别人牵着鼻子走,生气的时候就要爆发。"这就是他喜爱
的男性角色,他尤其喜欢那些我母亲为此买单的日子——在
那时,她会说:"你就是这样,你是个男人,男人就是这样的,
很容易就发怒,不能很快地平静下来。"这样的日子里,他装
作没有听到我母亲的话,但是唇边却露出骄傲的笑容。

只有一次,他硬汉的形象被颠覆了,那时他和我哥哥打
了一架。我说过的,我父亲跟他父亲相反,认为不打家人是
一种荣耀。

我们刚参加完村里九月的集市庆典(只有一两个圆形表
演场,并不是大家想象的那种大型庆典)。庆典是一年中男人
们不用向女人们解释就可以在咖啡馆里喝到很晚的日子——
在非庆典的正常情况下,当男人们回家晚了,女人们会去咖

啡馆里找他们，劝道："孩子们还等着你吃饭呢，也等着你把工资拿回去呢，你却来喝酒。"

庆典的晚上，我父亲和哥哥，还有个兄弟（就是小弟），都留在咖啡馆里。

我没跟他们在一起，因为这个地方让我感到恐惧，一群醉汉在那里对时政和村里的新闻高谈阔论。他们的呼吸都是醉醺醺的，当他们跟我讲话的时候，会喷得我满脸唾沫星。而且，正如醉汉会做的，几乎从无例外，他们最后总会表达对同性恋的仇恨。

我父亲和哥哥正在一块儿喝酒，突然发现我弟弟不见了。喊他没有回应之后，他们并没有马上就开始担心，以为他肯定去表演场旁边放鞭炮了，正如他们以前很多时候的做法——村民们一代一代重复着完全一样的活动，拒绝任何形式的改变，"只有这样才真正有趣呢"。

渐渐地，庆典的人走空了，咖啡馆也是，只剩下寥寥几人。这时，我父亲和哥哥开始在夜色中寻找弟弟，周围的森林又开始散发出它的味道——清新而潮湿的泥土味、蘑菇味和松树味。他们喊着他的名字："鲁迪，鲁迪……"但是没有

人回答。他们问其他人："你们看见他了吗？"后来直接变成
了大规模的寻找，在场的所有村民都参加了。他们分散到了
村里的各个街道，到处都像回声一样，回荡着"鲁迪，鲁迪"
的声音。全村都开始喊这个名字，无数声"鲁迪"回荡在村
子上方。

　　我父亲想到在电视上听到的那些诱拐儿童的案件，感到
非常不安。恋童癖的传闻也让村民们忧心忡忡。有一次，电
视新闻提到了一则离我们这儿不远的北方发生的恋童癖事件，
我父母好些天都不让我出家门。"对这样的家伙，就应该把
他们阉了，让狗把蛋蛋吃掉，然后再杀了，我都不明白为什
么要禁止死刑，这简直是莫名其妙，就是因为这样，现在的
强奸犯才越来越多。"我母亲说："对啊，我也不懂为什么不
再杀这样的人了。"我母亲也加入寻找，一边哭一边喊："啊，
我的儿子啊！他到底怎么样了，他没被拐吧？现在拐小孩、
然后强奸或是把他们杀了的家伙越来越多了。"

　　最后，终于有人呼唤我们了。

我弟弟就坐在我家门口的楼梯上，解释说他累了，就回这里休息，等着其他人回来。我父母哭了，他们把鲁迪抱在怀里说可不能再这样了。我哥哥大发雷霆。他喝得太多了，一直在问弟弟为什么要这样做。弟弟一言不发，完全被这个凶神恶煞的大块头吓呆了，我哥哥有一米八高，一百一十公斤，可能还要更重，长得都不是双下巴而是三下巴，一讲话下巴上的肉就跟着颤动。他指责我父母太宽容，说："得要揍他一顿，好好揍一顿他就忘不了了。就得这样，只有通过这种方法才能成为男人。"他滔滔不绝地说起来，完全平静不下来，他说他小的时候表现不好就会被扇耳光，他可不是这样被养大的，并说："更可恶的是，当时的生活跟现在根本不一样。那时候家里更穷，必须去做贫困登记或是去爱心食堂领食物包。那时真是丢人啊。"

（那时候，我们每个月去一次爱心食堂，去领发给贫困家庭的食物包。我都和那里的志愿者混熟了，我们去的时候，他们总会给完应给我家的东西之外再给我一些巧克力，并说："啊，小艾迪来了！最近怎么样啊？"我父母总是告诫我不要答话："不要讲这些，尤其是咱们去爱心食堂的时候就更不要讲，这些事家里人知道就行了。"他们没有意识到，根本不用他们跟我说，我早就懂了这样场景中的屈辱，我是绝对不会在那里说什么的。）

"去爱心食堂，或是没钱买肉，只能吃爸爸钓回来的鱼，他们根本没经历过这些。甚至有的时候，还得要讨饭。"哥哥胡言乱语道。但我知道，他在撒谎，酒精让他胡说八道。他从来就没有不得不讨饭的经历。"我们可是穷养长大的，不像那些娘娘腔，胡来的时候可不行，没那么容易过去。你们看看那样养着他们，他们都成什么样了。"随后，他转向了我，眼睛里充血，脸颊上口水横流，打着嗝，每说一句话都让人感觉他马上就要吐出来了，"看看艾迪，你们怎么养他的，他现在成什么样了。他的举止就跟个女人似的。"

我和之前一样，装出一副吃惊的样子，让别人觉得这是第一次有人对我说出这样的话。我哥哥的判断是错误的。他简直是疯了！如果我父母也曾经这样想过的话，这就是一种家族耻辱。

　　我明白，哥哥是希望让弟弟不要像我一样变成娘娘腔，我也曾经有过同样的焦虑，但是哥哥不知道我的想法。因为我也不希望鲁迪在学校挨打。我有段时间着魔似的确认他是异性恋，并且从他很小开始我就着手一项大的工程：我不断向他重复男孩喜欢女孩，有时甚至说同性恋令人厌恶，很恶心，是要受诅咒的，会下地狱，或是会生病。

　　思绪回归，突然，我哥哥冲向我，还喊道："我要杀了你，我要杀了你。"母亲扑向他来保护我。后来，她讲到这件事时，说她不会让他为所欲为的，不能因为她是个女人就被他吓住了。她说："我才不害怕男人，虽然你哥哥很壮，他那么魁梧，但是我才不像那些没种的人一样，待在那里什么也不做。"

　　她插到我们中间，在他打我之前拦着他。她尽力让他闭嘴，喊得比他还大声，想要压住他的吼叫，她喊得太大声，声音都破了："这样不行，你别碰你弟弟，你别伤害他。别打你自己的弟弟！冷静，冷静……你没权利教我怎么养我的孩子，我养了五个孩子，还轮不到你来告诉我该做什么、不该做什么。等你自己有孩子了，咱们再看。"哥哥拉着我，让我动不了，挥舞着他的拳头，想要把妈妈推开。妈妈坚持不走。
妈妈没有让他达到自己的目的，他就推她，先是轻轻推，然
后越来越剧烈，或者说越来越使劲。妈妈还在喊着："你别碰
你弟弟，你别碰你弟弟。"他朝她抬起了手。这次是我父亲插
了进来。我说不上我父亲拉着哥哥的时候在想什么，我想他
也在喊着让哥哥停下来。他肯定想我母亲更容易让哥哥平静
下来，因为他认为女人天生比男人温柔，在咖啡馆门口女人
能分开她们打架的丈夫就说明了这一点。妻子们紧紧拽住丈
夫们的胳膊，劝道："够了，别干蠢事了，你们别打了。"但他
们还在叫嚣："我要撕烂他的嘴，我要把他打成猪头。"然后
理智回笼，对妻子说："对不起，亲爱的，对不起，我不应该
这么生气，但是是他惹我的，确实是他来招惹我的，我也不
能就让人欺负吧。"我父亲及时挡开了哥哥，没让他打到我母
亲。父亲并不是很生气，但是这一系列出乎意料的变故越演
越烈，他就问哥哥这是怎么了，为什么想杀了我，还想打他
自己的母亲。然后，父亲就恳求哥哥冷静，我看到这一幕感
到很不安。因为我很不习惯看到父亲恳求别人，尤其对象还
是自己的孩子，他基本上每天都要在孩子面前强调自己的权

威，每天都强调："在这个屋檐下，是我在发号施令。"他试图让哥哥放松下来，信誓旦旦地说他们养育和教育我们是一样的，并向哥哥发誓对我们绝没有什么优待。虽然，他不是我哥哥和姐姐的亲生父亲，但是他说："我对你们没有什么不同。"他像爱我们一样爱哥哥姐姐，"我们生艾迪的时候，其他人，我家里的人都说：'啊，杰基，你肯定很高兴吧，这是你第一个孩子，还是个男孩。'而我回答他们：'不，不。艾迪不是我第一个孩子。我已经有两个了，他们就是我亲生的。要不就是有孩子，要不就是没孩子，不存在什么养子不养子的。根本没这可事……'"

我哥哥文森特根本不听他的。在我父亲讲那番话的时候，他依然固执己见，时而吼叫，时而磕磕巴巴地用各种话来辱骂我。情况愈演愈烈，他一定要达到自己的目的，要打到我。我母亲感觉出这种变化，他这种突然想要速战速决的意愿。这次事件之后，她讲道："我马上就看出来，那个时候情况要变糟，我熟知文森特的脾气，毕竟他是我生的。"她让我跑到卫生间里，把自己关在里面，锁住门。她朝我喊道："艾迪，往卫生间跑，锁上门！"文森特不耐烦的情绪占了上风。

他朝父亲动手了，而父亲并不想自卫，他拒绝这样做，不想
打自己的儿子。他有时会扇我哥哥耳光来惩罚他，就像对我
一样，当哥哥不好好跟他说话、表现出"青春期危机"的时
候……但是，他不想在这种情况下打他，不想真的和自己的
儿子大打出手。刚开始，他就听之任之，只是尽量抓住哥哥，
尽可能缓解他拳头的威力。那时，我在厕所里发着抖，没看
见这些——这些是第二天母亲讲给我听的。

　　情况越来越糟糕，父亲不得不还手。我听见各种声音混
合在一起，母亲嘶吼着，请求哥哥不要打父亲，求他停下来；
而父亲有些惊慌失措，流着泪，由于背疼痛呼着，间或质问
哥哥："你怎么了？你这是怎么了？"文森特最后答道："你们
不是我的父母，去死吧！我才不在乎呢，你们去死吧。"
　　之后，我就再没听见文森特的声音了。他突然意识到了
情况的严重性，溜之大吉了。我从卫生间里出来的时候，父
亲躺在地上呜咽着，起不来也动不了。我看见他的身子一动
不动，非常紧张，尤其是眼睛。因为当身体突然瘫痪的时候，
从眼睛就能看出那种紧绷感，能看出他努力想站起来，却是

白费功夫。他的眼睛好像在说："妈的，我以后都走不了路了，我能感觉出来，妈的，我感觉出来了。"我母亲的呼吸变得急促起来，她被吓得惊慌失措，从她的目光中我似乎还能看到文森特留下的阴影。她让我帮她把父亲扶起来。对此，我很有经验，因为经常把从病床上摔下来的瘫痪的叔叔扶起来，别人拽着他胳膊的时候，我去抬他的腿。我和母亲试着把父亲弄起来，但是没有成功。"真要命。"母亲说，"只要身体微微动一下，他就痛呼起来。"

母亲跟我说我们得要叫医生，没别的选择，我父亲的背动不了，她知道只有注射能减轻他的痛苦。

差不多一个小时之后，医生来了。正如母亲之前所说的那样，他给父亲注射了药物。父亲保持这个姿势躺了十多天。医生每天都来给他注射，并向他保证："会好的，贝勒格勒先生。"他回答说："啊，不，我完全不信！大夫，我想我要么就得这样在床上一动不动地躺一辈子，要么就应该躺不了多久就好了。"

一天下午，父亲正在等着医生，母亲告诉我他想要跟我谈谈。我已经习惯了我们之间的沉默，对此我感到很吃惊。

我能听出，母亲的声音中也充满惊讶。

　　我去了父亲的卧室。我走近后，父亲递给我一样东西，是一枚戒指，他的结婚戒指。他让我戴上，以后保管好，补充道："因为我已经感觉到了，我得要告诉你，爸爸要死了，我感觉到了，我这样坚持不了多长时间了。我还得要告诉你一件事，我爱你，你是我儿子，是我第一个孩子。"大家可能会觉得这番话很美好，很感人，我却没什么感觉。他说"我爱你"让我很反感，因为我不相信。

我母亲早晨的画像

　　我母亲那时候不知道我在学校里的遭遇。她有时会神态淡漠疏离地问我那天过得怎么样，但是她并不经常这样做，她根本不是干这种事的人。她过早地并且不是很情愿地就成了母亲。她怀孕的时候才十七岁。她父母说她的行为既不谨慎也不成熟："你本可以更小心的。"为此，她不得不中断厨艺职业高中的学习，没取得文凭就辍学了。她说："我不得不中断学习，但是其实我是有能力的，我很聪明，本来可以继续深造，拿到专业技能合格证书，之后再干点别的什么事。"

　　在农村就是这样的，女人生了孩子才叫女人，否则就不是真正的女人，大家都觉得那样是性冷淡。

　　其他的女人在离开学校的时候会想："那个女的没在这个

年龄生孩子，是因为她不正常。她肯定是性无能。"

之后我懂了：在其他地方，一个完整的女人应该是一个对自己负责、对自己的事业负责、不要太早或太快生孩子的女人。

我姐姐是一个讲话尖锐，性格苛刻的人（应该跟我母亲一样，要做一个硬气的女人才能在男性的世界里生存下去）。她抱怨母亲没能称职地扮演母亲这一角色，指责她从不和自己一起做些或者分享什么；也不和自己一起逛街，做所有那些别的母女都会一起做的事情。而我母亲会恼羞成怒，用"别烦我"来打断对话，或是面对姐姐的指责一言不发。之后，她会跟我说她不明白姐姐为什么对她那么坏。据她说，她当然也爱和自己的女儿一起逛街，但是她又说："你姐姐也很明白，我们就生活在同一屋檐下，她又不蠢。她累得根本逛不了街，她在家里要做一大堆事，照顾弟弟妹妹，做饭，做家务……而且，本来就什么都买不起，在商店里逛来逛去也毫无用处。"

　　我母亲早上总是抽很多烟。我有哮喘，有时会深受困扰，发作时会很严重，甚至是死气多活气少。有时我会睡不着觉，感觉自己再也醒不过来了，我得要做出巨大的难以描述的努力才能给肺里吸上一点氧气。而我母亲，当我对她说烟草会令我呼吸更困难的时候，她总会生气地说："总是让我们别抽烟，都是狗屁！工厂里排出来的烟大家都在吸，那也没好到哪儿去，烟草也不是最糟糕的，它根本改变不了什么。"她总是这样，不断地生气，不断地发怒。

　　这是一个经营在生气的女人。只要一有机会，她就抗议，她整天抗议那些政客和改革，抗议他们减少社会救助和削弱一些权力，而这个权力，可能在她自己的内心深处都是讨厌的。然而，只要这个她讨厌的权力是要严惩什么，她就全心呼吁："严厉管制烈酒和毒品，严惩不名誉（她认为的）的性行为。"她经常说"这个国家需要有点秩序"。

　　数年之后，我在读斯蒂芬·茨威格写的《玛丽·安托瓦内特传》的时候，想到了童年村庄里的村民，尤其是我的母亲。茨威格讲到那些被饥饿和苦难折磨得筋疲力尽、满腔愤怒的女人在 1789 年去凡尔赛抗议，可是她们一看到国王，就马上自发地大喊："国王万岁！"她们的身体被对权力最绝对的臣服和持续的抗争精神互相撕扯着，代替着自己发言。

我母亲虽然经常生气，但是她并不知道怎么处理这种愤恨，所以永远难以排遣。她独自看电视的时候在抗议，在学校门口和别的母亲在一起的时候也在抗议。

可以想象，每天都能看到这样的场景：一个小广场（新铺的沥青）像很多村庄一样，都立着一战死难者纪念碑，纪念碑的底座上布满青苔和藤蔓，围着广场的是教堂、市政厅和学校。广场上大多数时间都没人，每天接近中午时，女人们就会聚到广场上来接放学的孩子。她们几乎不工作，有一些也工作，但大多数时间，都在看孩子。这里的女人看孩子，男人则在工厂或别的地方工作。最常见的是在那家雇用大半村民的厂子里工作，那是一家黄铜厂，我父亲也曾在那里工作过，工厂支配着我们村全部的生活。

每天早晨，她都会打开电视——每个早晨都很相似。我醒来的时候，出现在眼前的第一个场景就是电视里面的两个小男孩。他们的面孔总是浮现在我的脑海里，无法避免的是，我越集中精神想他们的面孔、细节——鼻子，嘴巴，目光——就越模糊。留在我记忆里的只有对他们的恐惧。

我没法集中精神，而我母亲则不能或者没办法想象会有人对电视不感兴趣。电视一直是她生命中的一部分。我家那么小的房子就有四台电视机，每个卧室里一台，唯一的一间公用房里一台，喜不喜欢电视从来都不是问题。电视和讲话方式、衣着习惯一样，对她来说成了一种必要。我们不买电视，都是父亲从垃圾场把电视捡回来，修好后再用的。后来，我上高中的时候，独自一人在城里住，母亲看到我那里没电视，觉得我简直是疯了——她的语气中饱含着那种遇到疯子时显而易见的不安和焦虑，她说："没有电视，你的日子是怎么过的？"

那时，她坚持说我应该和兄弟姐妹一样看电视，她说："看看动画片吧，这有好处，去学校之前看看可以让你放松。我不知道为什么学校对你产生这样的影响，要冷静。"

对于我早上发作的焦虑，母亲最终还是感到担忧，叫了医生。

医生决定让我每天吃几次镇定药水。我父亲还对此语带嘲讽："就像在疯人院一样。"医生问母亲之前的一些状况，母亲的回答是我一直都神经质，甚至有点多动。她不明白我为什么这么重视学校，我总是这么紧张，在椅子上摇来晃去，让她都紧张起来了。于是，当我尽力想专心看动画片的时候，她就在那间小小的公共房间里吸更多的烟。她咳嗽，咳得越来越厉害，一边咳一边说："如果继续这样，我会死的。我跟你说，我离棺材不远了。"

我有的时候不停发抖，从后背底部开始打战，一直蔓延到脖子，母亲没有察觉到，但是我自己有一种抑制不住的痉挛的感觉。我觉得可以控制时间，按部就班地做早晨的每件事：洗漱；准备热巧克力——没奶的时候就用水；刷牙——不是总刷；洗脸——不是冲澡。洗澡时，母亲会提防着我，一再跟我说："不能每天早晨都洗，咱们没足够的热水冲澡。咱们只有一个小热水器，家里却有七个人，对这么小的一个热水器来说人太多了。别张嘴，别说什么，别回答我，不要跟妈妈犟嘴，妈妈说什么就做什么。没商量。别告诉我你洗完了可以再开热水器烧水，我看得很清楚你张开嘴要说这个，要狡辩。我了解你。你很清楚水价、电价，咱们家可没钱这么花。"接着，母亲总是忍不住开这个玩笑，"我有很多账要结，我在法国电力公司可没情人。"到了洗澡的日子，母亲要求我们洗完后出浴缸的时候不要把里面的水放掉，让家里的五个孩子可以轮流在里面洗，不用再多费水和电。最后一个洗的（我会尽力避免成为最后一个）就得在黄泥水里洗了。

我每天做这些事的时候都尽可能拖延，想要主动推迟到学校操场的时间和之后到那条走廊的时间。每天都重新生出希望，希望没赶上去学校的校车，但是其实自己也觉得不会实现。我就是在自欺欺人。

母亲每个月里总有几天允许我不去上学，让我在家帮她做家务。"明天你别去上学了，你帮我打扫家里，因为我已经受够了在这里不停地干活。我受够了在这破房子里当奴隶。"我帮父亲准备冬天的柴火，把柴火运到父亲和叔叔专门准备的棚子里的时候，母亲也同意我不去上学。北方的冬天又长又难过，因为房子隔热条件差，还得烧木柴取暖，所以总要准备好几个星期的柴火。她晚上去邻居阿姨家，让我帮她看弟弟妹妹——鲁迪和瓦奈莎，她会和邻居阿姨一起醉醺醺地回来，互相开着玩笑："臭娘们儿，我要把你吃掉。"对我来说，不去上学就是一种补偿。

阿娜伊斯是我另一个邻居，她想要对我表示友好时，会找我一起走到校车站。我不知道怎么让她明白我讨厌这种关注。她让我走快点，而我想能走多慢走多慢或是绕绕路。阿娜伊斯是个女孩，向我表示友好要更方便些。女孩们跟"娘娘腔"讲话更容易得到大家的谅解。事实上，在这个阶段，我为数不多的几个朋友都是女生。我在校车站和艾美丽或是阿娜伊斯汇合，和她们在村子周围的田野里一玩就是几个小时。母亲虽然对这些交往感到很困扰（她认为小男孩应该和小男孩去踢踢球，而不是和小女孩玩），但总是尽力让自己放心，也让周围的人放心。但是，我观察到她说到这个话题的时候与其说是不确定，不如说是不舒服。她和其他妈妈说到这个的时候则和她私下里的一贯说辞大相径庭，她会说："艾迪真是个唐璜，他总是和女孩待在一起，从来不和男孩一起。女孩们都想和他玩。可以肯定的是，这个孩子肯定不会是个同性恋。"阿娜伊斯是个有点特立独行的女孩，她对别人的话总是嗤之以鼻。她经常在广场上听到女人们谈论她母亲，她们说："你妈妈跟所有人睡觉，她给你爸爸戴绿帽子，大家都看见了她跟市政工地上的工人睡觉。她真是个婊子。"在那时，她就学会了对外界的评论满不在乎。

我和阿娜伊斯一起从工厂前走过，从开工前或是那些半夜已经开工而正在休息的嘴里吞云吐雾的工人前走过。

不论在什么情况下，哪怕是极具北方特色的大雾中或雨中，他们都能抽烟。有些人还没真正开工，但是他们的嘴角已经饱受疲惫的蹂躏而耷拉了下来。然而，他们笑着，开着他们最爱的关于女人或是阿拉伯人的玩笑。我看着他们，想象着自己和他们在一起的样子，便迫不及待地希望自己能尽快长大，不再去上学。每个星期，甚至是每天我都在算着自己离十六岁还有几年，因为到了十六岁我就可以不再走这条道去学校了。我想着我会在这里，在工厂，开始赚钱，而且不用去上学，不会再见到那两个男孩了。当我向母亲透露想要十六岁就辍学的愿望时，她完全掩饰不住自己的愤怒，她朝我吼道："我告诉你，你到时候还是得去学校，因为如果你不去，就会取消咱们的家庭补助，这是我不能允许的。"

在那些日子里，也许是出于生活所迫（缺钱），她做出了最本能的反应。但是，她也时时会表达她希望我读书，希望我比她走得更远的渴望，语气几乎是恳求了。她说："我不想让你像我一样辛苦度日，我什么都干过了，我很后悔自己十七岁就怀孕了。我辛苦地干活，一直待在这里，什么都没享受过，没去旅游过，什么都没有。我整个一生都在家里做家务，不是给我的孩子擦屎擦尿，就是给我负责照顾的老人擦屎擦尿。我真是做了件蠢事。"她觉得自己做错了，尽管不是自己情愿的，但却堵住了通向更美好的命运、更轻松舒适的生活的道路，那种生活远离工厂，不用日日担忧（更确切地说是日日忧虑）没能管好家里的账——走错一步都可能在月底吃不上饭。她不懂，她的生活轨迹、她所谓的"错误"却恰恰相反完全是符合逻辑，甚至可以说是事先注定、不可更改的。她没有意识到自己的家人、父母、兄弟姐妹，甚至是孩子，几乎所有村民，都遇见过同样的问题，所以事实上，她所谓的"错误"只不过是再正常不过的生活轨迹罢了。

母亲的生活掠影

　　过去，母亲花了很多时间跟我讲述她或父亲生活中的某些片段。

　　她的生活令她自己感到很厌烦，就是一系列的无聊时光和辛苦劳作，她之所以絮絮地讲述，就是想要填补这空乏的生活。她当了很久的家庭主妇，她也让我在官方文件上这样填写。我的出生证明上印着她是"无业"，这让她感到深受冒犯，简直是在诋毁她。当我的弟弟妹妹长大些，可以自理了，她就想出去工作。我父亲觉得这不体面，好像是在质疑自己的男性地位；他应该是那个给家里赚家用的人。她热切地想要工作，完全无视她能申请的工作是多么繁重：工厂、做家务或是超市收银。她要说服大家，在某种程度上，也要说服自己，战胜那种抓不住、不可名状却促使自己觉得丈夫失业（我父亲失去了工厂里的工作，我后面会讲到）、妻子出去工作很不体面的力量。经过漫长的讨论，父亲终于同意了。她开始骑着生锈的自行车走家串户，照顾村子里的老人，她穿着父亲已经穿了好些年的红色连帽滑雪衫——这件衣服已经被虫蛀了，而且显然对她来说太大了。村子里的妇女们都嘲笑她说："贝勒格勒大妈穿着那件很大的滑雪衫真是有气派啊。"有一天，我母亲赚得比父亲多了，一千欧多一点（父亲赚差不多七百欧），他就受不了了。他对她说这没用，她得停止工作，说我们不需要这笔钱。七百欧对七个人来说就够了。

她跟我讲了很多长篇累牍的独白；其他人代替我也可以，她还会继续絮叨。她只是需要倾听的耳朵，对我所有的评论都充耳不闻。她跟我讲话的时候，我打开电视，她不受影响，继续讲。我把声音开大，她没有任何反应。父亲受不了了，说："啊！你烦死我们了，你怎么这么唠叨！"她就跟村子广场上的女人们一样自言自语，让人觉得这是一种在女人间传染的疾病。她们聚在学校前的广场时，只有无穷无尽的一段高过一段的长篇大论，但事实上没有谁真的在听别人说什么。

有听众愿意听的时候，她经常讲的一件事是：在生我之前，她曾经失去了一个孩子。她没有预料到会在厕所里失去那个孩子，事情就那样发生了，毫无先兆。一天下午她正在打扫屋子，而屋子里的灰尘永远也不会完全消失，旁边就是农田，整天都有拖拉机通过，它们所到之处都会留下堆积如山的尘土，然后尘土又溜进屋子，而且屋子的墙也在掉渣。母亲语气绝望地说："打扫也是白搭，永远都干净不了，这么破的烂房子让人根本不想打扫。"

"他落在了厕所里。"

数年之后，讲着这段故事的她经常把自己逗乐。她的笑容让她的皮肤显得更加苍老、发黄，由于吸烟，她的声音变得低沉沙哑。她讲话的声音也很响，其他人会对她说（有些时候，父亲也允许我说）："讲话的时候别那么大声，闭上嘴。"

母亲是一个爱笑的女人，所以她尤其坚持道："我就是喜欢大笑，我可不会装贵妇人，我就是这么简单。"

　　我不知道她跟我说这种事情时是什么感觉。我不知道她有没有撒谎，她痛苦不痛苦。如果没有，她为什么这么经常重复这件事，就好像要证明什么一样。也许她想表达的是，显而易见，她不是"贵妇人"，因为她做不到。"是一个简单的女人"，也许这种骄傲正是对羞愧最好的表现。她时不时也会说到另一件事："你们要明白，我的职业就是给老人洗屁股，只要来场酷暑或是流感就能让我失业。"这就是她的原话，"我的职业就是给老人洗屁股，给要死的老人洗屁股。（讲到这儿，她总是开这个玩笑）每天晚上手都要插到屎里去，才勉勉强强能赚到填满冰箱的钱。"我母亲总是禁不住悔恨地说："五个孩子，我本应该早点儿打住，养活七个人太艰难了。"由于不幸的、让人看不起的教育经历，她很难正确地讲法语，她总说："有你弟弟，我不行，无论如何，我不喜欢这样。"她并不会总说："我本应该多读些书，我本应该能拿到专业技能合格证书。"她有时会说无论如何，她从来都没有真的爱上学。过了数年我才明白，她的话并不逻辑混乱、前后矛盾，反而是我，带着某种背叛者的傲慢，想要用更符合我价值观的逻辑来解释她的话。然而，我的价值观在构筑的时候却是与我父母和我的家庭不相容的。我之所以会觉得她的话并不连贯，是因为当时我不能理解说出这些话、做出这些事的人的逻辑。她对此说过千言万语，其实一直被两种矛盾的情绪折磨：既对没能上学感到羞愧，却又对（按她的话来说）"离开学校，生了些非常棒的小孩"感到自豪，她的这两种说法实际是互为支撑的。

生活在一所似乎每天都会倒塌的房子里也令她感到丢人。她说："这连破屋子都说不上，这简直就是废墟。"

总之，也许她想说的是："我不能当个'贵妇人'，尽管我想当。"

她给我讲的时候，随着情绪的激动，声音就会提高。这种习惯令我离家去城里的时候饱受痛苦，我的高中同学总是不断要求我讲话小声点，我特别羡慕那些出身良好的年轻人能平静自持地讲话。她还在絮絮叨叨道："我突然想要去厕所，我当时想我是便秘，因为便秘的时候我会肚子疼。我就这样在厕所里分娩了，我就在那里听到了声音，'啪嗒'一声。我一看就看到了那个孩子，那时我不知道要怎么办，感到害怕，就像个傻子似的拉了冲水绳。我真不知道要怎么办。那块肉黏在那里不下去，所以我就一边冲水，一边拿马桶刷往下通。然后，我给医生打了电话，他跟我说马上去医院，也许情况很严重，他给我查了查，然而并没什么严重的。"

她和我父亲数次想要再生个孩子，尤其是我父亲。"他真的想要个孩子，他是个男人，你知道，男人有男人的骄傲，他想要有个家庭。他妈妈和兄弟姐妹都喜欢他，他爸爸却不喜欢，而且也喜欢不了了，那时候都在监狱里了。他想要个孩子，好吧，他想要个小女孩，但是我们生了你。他本来给孩子取名叫洛莱娜，我抱怨了，我可不想再要女孩了，不想要小赔钱货，所以我们失去了一个孩子。然后生了你。你父亲特别接受不了失去了我们的第一个孩子，他花了很长时间才恢复。他不停地哭，但是并不是太难过，因为我很会生。虽然避孕了，但是我还是怀孕了，我还生了双胞胎（你弟弟妹妹）。而且，说个咱们之间的秘密，你父亲也很棒。"

我知道。

我经常看到父亲光着身子，因为家里房子小，房间中间没有门——只有些石膏板和帘子隔开各个房间。没钱装门，也没钱砌真正的墙。我父亲也不害臊，他喜欢光着身子，我为此说过他。他的身体让我感到很厌恶。他说："我就是喜欢光着身子走来走去，我在我家，想干什么就干什么。而且在这个家里我是老大，我说了算。"

父母的卧室

　　我父母的卧室就靠街上的路灯照亮。百叶窗用了很多年，由于北方的寒冷和雨水，已经很旧了。从窗子的缝隙里漏进微弱的灯光，只能看到人影在移动。房间很潮，充斥着陈面包的味道，而且在漏进来的阳光里可以看到飞舞的灰尘，就好像在另外一个时间里漂浮移动，流动得更缓慢。我就这样数个小时一动不动看着它们。我小的时候和我母亲很亲密，就是所谓的小男孩和母亲之间的亲密，直到羞耻感在我们中间划下了一道鸿沟。在此之前，她总是对着听她说话的人感叹说我真是她的儿子，毫无疑问。

　　夜幕降临，一种难以解释的恐惧攫住了我，我不想一个人睡。其实在我房间里，我也不是一个人，我和弟弟妹妹住在一个房间。一个五平方米的房间，水泥地板，屋子很潮，房间的墙壁上布满大大的圆形黑色印记。当我问母亲为什么她和父亲不在地板上铺上地毯时，出于尴尬（用尴尬是不想再重复一次羞耻感，但是实际上就是羞耻感），她说："你知道，我们也想铺地毯，也许就要铺了。"这是假话，我父母没钱买，甚至也不想买。做不到也让他们不想做，然后愿望的缺乏就让这件事更不可能。母亲就被困在了这个怪圈里，让她无力行动，无力对自己、也是对周围的世界行动。她说："我们也愿意给你铺地毯，但是你有哮喘，你知道，地毯对哮喘病患者很危险。"

我用从杂志上剪下来的抒情歌曲女歌星或是电视剧女影星来遮住墙上的霉点。我哥哥就像其他硬汉一样，更喜欢摇滚乐或电子音乐的歌星，他嘲笑我说："你听这些娘们儿的音乐总也听不腻。"我还记得，有一天，我陪他去面包店，他一路上都在教我怎么像个男孩那样走路。他说："我来教你怎么走，可不能像你这样走，如果碰见我哥们儿，你还这样走路，他们能一下揍我脸上。"

卧室里放了一张架子床和一个木质电视柜，上面放着电视。一进这个小房间，马上就到了床边，只有几平方厘米的地方可以下脚——整个空间被床和电视塞得满满的。我弟弟整晚看电视，很影响我睡觉。

不光是因为电视影响我睡觉，更是因为我害怕一个人睡。我每周总会有几次走到我父母的卧室门口，他们的卧室是家里罕见的有门的房间。我不会立刻进去，而是在门口等着他们结束。

我已经养成了在家里到处跟着母亲的习惯，这样一直到十岁，我母亲总说这可不正常，这个孩子不正常。她进浴室的时候，我就在门口等着她，尝试着把门弄开，用脚踢墙，喊叫，哭；她上厕所的时候，我要求她开着门，以便让我能看到她，就好像我怕她会消失一样。她后来一直保留这个上厕所开门的习惯，但之后我却对这个习惯大翻白眼。

她不是马上就妥协的。我的行为惹恼了我哥哥，因为我眼泪多，他就叫我"喷泉"。他受不了一个男孩这么爱哭。

在我的一再坚持下，母亲总会妥协。父亲更喜欢喊叫，是很严厉的。他们之间的这种角色分配既是社会习俗的影响，也是下意识的反应。母亲总说："如果你还闹，我就告诉你爸爸。"当父亲没有什么回应的时候，她就说："杰基，你要发挥你的作用啊，妈的。"

在那些吓得发抖的夜里，我会走到父母卧室门口，睡意全无。由于隔断很薄，我能听到他们越来越急促的呼吸，压抑的喊声和喘息声。我只能看着那个石膏隔板——我用瑞士军刀刻上"艾迪的房间"，甚至还有这句荒谬的话"由于没有门，进入前请敲门帘"。我还能听到母亲呻吟着说："妈的，再来，再来……"

我等到他们结束才进去。我知道父亲总会发出一声响亮有力的呼喊。我知道这声呼喊是某种信号，是可以进他们卧室的信号。床上的弹簧不再吱吱嘎嘎，接下来的安静也和呼喊自成一体，我会再等几分钟、几秒钟，才缓缓打开门。房间里浮动着父亲呼喊的味道。直到今天，当我闻到这种味道，我总会不禁想到童年这些一而再发生的片段。

我开始总是先道歉，说我犯了哮喘。我说："你们知道，奶奶就曾经这样，哮喘发作是会死的，这不是不可能，也不是不能想象的。"（当时我不是以这种风格讲话，但是写这几行时，我懒得重建我当时讲话的方式。）

父亲大发雷霆，开始骂我。他才不相信我哮喘发作，不相信我想到了祖母的事。这些都是借口、蠢话，我只是像女孩一样怕黑而已。他会大声自言自语，还会问我母亲我是不是男孩。"妈的，这是不是个男孩？他总是哭，还怕黑，这不是个男子汉。为什么？他为什么是这样？为什么？我又不是像养女孩那样养的他，我像养其他男孩一样养他。妈的！"他的声音里透着绝望。事实上，他不知道的是，我也思考过同样的问题，它们一直在我的脑海里回荡。为什么我不停哭？为什么我怕黑？为什么既然我是个小男孩，却不是像其他男孩那样有男孩样？尤其是，我的行为、我的举止是这样的，讲话时会做大幅度的手势（疯女人才做的手势），语气女里女气，声音尖锐。我不知道我因何不同，这令我很受伤。

也是在这个时期，将近十岁的时候，一个想法一直萦绕不去：一天晚上，我在看电视——当我的兄弟姐妹去朋友家睡的时候，我就整晚看电视——我看到了一则关于肥胖患者的减肥中心的报道。肥胖的年轻人被编入减肥小组，只能执行严格的减肥计划：吃减肥餐、运动、规律的睡眠……看了这个节目很久之后，我一直梦想能有个针对我这样的人的类似地方。那两个男孩的阴影一直折磨着我，我希望能有一些教官，在每次身体一流露出女态时就打我，梦想能有针对声音、步态、眼神的培训。我开始热切地在学校的电脑上寻找这样的训练营。

"做作""女里女气"这样的词一直在我周围的大人口中回响：不仅仅是在学校，不仅仅是来自那两个男孩。这些话就像刀锋，每当我听到，都把我割成碎片，我会在数个小时、数天内自言自语重复着这些话，会反复对自己说他们说得对。我想改变。但是身体不听我的，这些辱骂又开始了。村里的大人对我说"做作""女里女气"时，不总是在辱骂我，从语调可以听出来——他们有时这样说是出于惊讶。"他是个男孩，为什么讲话行动都像个女孩？布里吉特（我母亲），你儿

艾迪的告别

子的举止有点儿怪——"这种惊讶压紧了我的喉咙，让我的胃都拧紧了。也有人会问我："为什么你这样讲话？"我假装没听懂，甚至保持沉默——虽然我很想大喊大叫，但是却不能这样做。就像一个外来的异物灼烧着，堵着我的食道。

女孩、母亲和祖母们的生活

我是困在走廊、父母和村民之间的囚徒，唯一能喘息的地方就是教室。我喜欢学校，但不是初中——因为初中有那两个男孩。我喜欢学校里的老师，他们不会说"娘娘腔"或是"死玻璃"。他们向我们解释要接受差异，接受共和派的演说，接受我们是平等的，不应该通过肤色、宗教信仰或性取向（"性取向"这个说法总是让坐在教室最后的那群男孩发笑，我们都叫他们"后墙帮"）来评判一个人。

我的成绩很平常。卧室里既没有灯也没有写字台，我要在主屋里做作业。但通常情况下，不是父亲在那儿看电视，就是母亲在同一张桌子上清理鱼，嘴里还嘟囔着："这可不是做作业的时间。"无论如何，我很烦作业。由于经常缺勤或者由于家里人讲的话（也就是我讲的话）的错误众多——因为我们的庇卡底话比官方法语讲得好——我没有打好大家所谓的"基础"。

然而，我很倾慕老师们，我知道得要取得好成绩才能让他们喜欢，或者至少要让他们觉得：尽管困难重重，我还是一直在力争上游。我的听话顺从在他们看来有些许可疑，因为听话是学校里女孩的一大特征。

但是只有在低年级是这样，女孩最后也会讨厌学校，挑衅老师。这只是个时间问题。她们只不过和学校分离得慢些。

我姐姐上初中的时候想要当助产士，后来又想当西班牙语老师，这样才能"赚很多钱"。在我们眼里，老师是小资产阶级。所以，全国教育系统罢工的时候，父亲就会生气，抱怨道："他们口袋里装了那么多钱，还要抱怨。"

按照惯例，就业指导老师约她谈话了，她跟老师说了她想要成为初中西班牙语老师的愿望，但对方说："但是，小姐，您知道，现在教育系统都满员了，大家都想当老师，而职位却越来越少，政府对教育的预算也越来越少。您应该选择一些更有保障。风险更小的事，比如说销售。另外，我也看了您的成绩，得要承认不太好，勉强算是中等，就够通过高中生毕业会考……"

一天晚上，在这样的一次谈话之后，她气呼呼地回来了，对就业指导老师试图改变她的志向感到气恼不已："我不明白他为什么要放臭屁，我就想要成为西班牙语老师。"父亲说："你不能听凭一个黑人（职业指导老师是马提尼克人）来教训你。"

我姐姐开始是坚持的。就业指导老师又约她谈了几次话。在三年级的时候（初中的最后一年），她得要去一个企业实习，就业指导老师引导她去了村里的面包房。实习之后几周，她对我母亲说她不想当西班牙语老师了，想当售货员。她对自己的选择很确定，就业指导老师之前说的是对的，学习这个方向可以保证她能赚到足够的钱来做那些整个青春时光里由于父母缺钱而无法做到的事情。当然，母亲是失望的，她希望姐姐能有个更好的职业。

看着初中操场上的学监，我尝试着想象她在成为学监之前，还是小女孩的时候想要干什么。

我没有跟她搭话，尽力让她不要注意到那两个男孩打我，让她不要发现那些人可能或就是觉得我是个娘娘腔，我就该挨打。我不想让她在那条走廊里看到蜷缩在那里、目带恳求的自己。甚至，在他们打我的时候，我也尽力保持微笑——虽然不是总能做到。他们说："你为什么要这么蠢地笑？你瞧不起我们吗？"此时微笑对我来说也很辛苦，但我不得不这样做，否则学监会担心地问我："为什么他们这样对待你？"那样的话，我就必须要回答她。

我不记得她的名字了（也许是阿尔麦拉或是维吉妮），我只记得她的绰号，叫"疯子"或"痴子"。她值班的时候会在院子里或走廊里自言自语，尤其经常会说到她的祖母，说到很多关于她祖母的事，一说再说。听的次数多了，有些孩子甚至会说："停，别说了。"当然，她也不会想着去惩罚他们。

她祖母的故事和我的祖母一样，村里的很多祖母都经历过一样的故事，这里没有太多的空间让人与众不同。

冬天来了，白天变短了，她祖母那个时候正在饱受寒冷之苦。她讲述的时候就像我祖母给我讲的那样：说到进入房子里的寒气，说到冻得发僵生疼的脚指头。她并不抱怨，只是描述一个令人悲伤的发现。

我祖母之前想拥有一所房子，"成为房主"——就像广告里或政治标语里说的那样。这会让她拥有更高的社会地位、更舒适的生活，但她却发现成为房主之后，一切都没变，甚至反而变得更麻烦，因为她不得不贷款，不得不还贷。

她冷，但她付不起运送木材的费用。那个我父亲叫"伙计"的人给我们全家送木材——他开着小型拖拉机，载着数方木材走街串巷——但他也不再给祖母送了，解释道："因为我也有孩子，您明白的，夫人。如果您不付钱，我就不能给您送了，我自己七有孩子要养，夫人，我也有家……"学监的祖母说她盖很多被子来抵御寒冷，但是没用，冷气依然可以穿透被子，被子会变得像冰一样，比冷风还要更冷。

我在讲述这些的时候，我姐姐已经开始办理起了必要的手续，打算用一小笔钱买下我祖母的房子，祖母已经去了一所福利公寓度余生。

　　她打电话告诉了我这件事，还跟我说祖母住的破房子的天花板上破了个大约直径为两米的洞，得要动大工程整修。"哎，我很爱奶奶，所以不想说她……但是那气味啊，到处是我说不上是什么的脏东西，到处发霉。听说这个工程得要持续很久。"我姐姐除了村子就看不到别的什么了，二十五岁的时候就成了房主，投入到了无穷无尽的修整工程里。

　　我祖母和学监的祖母都养了几条狗。她觉得这样就没那么孤独了，晚上还可以缩成一团，靠着它们取暖。"至少在我和它们睡的时候，腿是暖和的，而且它们也能陪我，否则我一个人也觉得有点儿烦。"她养了五六条狗，有时还会更多些，这令我父亲非常生气。他觉得她的行为非常不理智，自己都快养不活了，还养狗。他说："你甚至都不能出去散步了，如果你出去，它们能把你房子拆了。我确定它们会扯下窗帘，弄坏沙发，在电视机上撒尿。而且，我要说的是，你根本没钱养它们。"她辩解道："它们吃剩饭。"但是，大家都能看到：她专门给狗买狗食，给自己买的食物很少，她吃的就是狗剩下的。到最后，除了冷，她还饿。

当我祖母没柴火的时候，她就去村子周围的树林里，背着蓝绿色的帆布大包，上面布满了洞，这时，她不得不承认："都是狗狗们咬的。"当没有木炭，又要点壁炉或是烤肉的时候，她会捡回些小树枝。有时，我母亲也会这么做，作为母亲的骄傲让她觉得："我的孩子们不能缺吃的，不能冻着了。"为了不丢人，母亲把这当作一个游戏，虽然我们知道这是由于贫困和缺钱——孩子们其实会比大家想象的更快明白这一点。

但是当母亲说："咱们去捡柴火，去散个步，至少可以好好乐一乐。"我们都装作相信她，她也装作我们相信了她。

有时，母亲疲惫不堪，不再装了。她放弃了努力向我们掩盖真相，要让我去村子的食品店"赊账"或"记账"买些吃的。"你去，因为你是个小孩，如果你要求记账，食品店那个老蠢货会同意的；如果我去，她肯定会拒绝的。"我想要躲开，但父亲也来说："你赶紧去，不然你就要倒霉了。"我很怕他，只得默默行动起来。孩子更容易勾起成人的怜悯心，而我就是被指定使用这张王牌去取得食物的那个。当然，取食物的地点不仅仅是在食品店，有时我也会去邻居家，向其他村民要一块面包、一袋面或是一些奶酪。在食品店里，每到要付钱的时候，我都感到很丢人，为了不让在场的其他女人听到，我小声说："妈妈想让我问您，能不能记账？"听罢，老板娘则心满意足地提高声音，要让大家都能听到她的话："不能这样下去了，你父母得要付钱，因为我也不能一直让他们记账。如果他们需要钱就得更努力地工作。你看着我，回去好好跟他们说，我每天从早上八点到晚上八点都在店里，只有这样才行……好吧，这是我最后一次让你们记账了，我跟你说，这是最后一次，因为我也不能让你两手空空回去……"我低垂着眼睛，恨死食品店的老板娘，恨到想用尖锐或是锋利的东西划破她的脸。但我忍住了，卑微地说："谢谢您，夫人。真的谢谢您，夫人。"

在其他时候，我们没钱了就吃父亲钓回来的鱼。他一直都喜欢钓鱼，这是他的爱好——男孩们的爱好不是钓鱼就是打猎——他经常去村子周围的池塘里钓鱼，尤其是在工厂里出了事故、丢了工作之后。他把鱼带回家之后，母亲清理完，用报纸或是超市的塑料袋包着冻在冰柜里。每次我打开冰柜，里面的场景都很吓人，我能看到包裹着冰的鱼尸。最吓人的是它们的眼睛，这些"冰的囚徒"失去了性命，动弹不得。在母亲清理完鱼之后的好些天，公共房间里都回荡着一股味道。到了月末，父母没有足够的钱买肉，我们就连续好些天吃鱼，我的恶心感由此而生。直到今天，这道在我想要达到的阶层里身价倍增的菜还是令我反胃。

村里的故事

　　我们不是最穷的，离我家最近的邻居比我们的钱还少。他们的房子总是脏的，疏于维护。他们是我母亲和其他人鄙视的对象，没工作，属于那种"游手好闲"的人——"什么都不干，靠社会救助生活的人"。每次看到他们，我都会有一种愿望，有一种无助的努力不断升起，就是把别人踩在脚下，让自己不在最低的社会阶层。他们的房子里到处散落着脏得令人恶心的衣服，所有房间里都有狗的尿液，床、家具上布满灰尘——不仅仅是灰尘，更确切地说，是一种难以描述的脏污，混合着泥土、灰尘、食物和打翻的饮料残渍、干了的葡萄酒或可乐印子、苍蝇或是蚊子的尸体……他们的人也很脏，衣服上沾着泥土或其他什么东西，头发油油的，指甲又长又黑。以前，我母亲总是自豪地一再说："贫穷并不是不整洁的理由，虽然咱们家没太多钱，但是房子很整洁，我的孩子们都有散发着洗衣粉香味的衣服穿。他们脏死了。"这些邻居会去村子周围的田里偷玉米和豆子，还要警惕不要被农民们抓到。我在他们家度过了很多天，就在旁边存放了汽油而能闻到一股汽油味的厨房里。旁边的房间以前是浴室，但是邻居们觉得浴室没用，就把它改成了汽油储藏室。我们用从乡巴佬那里偷来的玉米爆爆米花。像其他孩子一样，我们在那里讲故事：故事添油加醋，夸张编造。邻居有时还会脑补一些曲折的情节，例如："就在这时，那个乡巴佬来了，他开着拖拉机追我，可是我跑得更快，他没追上我。"

我们讲些以村里为背景的故事，让日子不要那么无聊。

这些故事有一个让我印象深刻。故事是说村里有一个人没钱，在所有咖啡馆都欠账。（我父亲喜欢说这个人在人口刚满五百的村子的十二家咖啡馆里都欠账。）

孤独，饥饿……那位老人应该已经懒得活了。他活得很累，但是并没有直接自杀，好像那样太吓人了。

然后有一股味道在街上开始传开了。

我和表哥一起散步的时候也闻到了那股味道。他对我说："死人闻着真臭。"我和表哥一起度过了很多时间。他需要我帮他系鞋带或是挠挠背……他身有残疾，不能随意移动。他小的时候，身高停止增长了，但脊柱还在长，不正常地长；然后脊柱就触到了脑部，造成了不可挽回的损害，导致了严重的残疾。他需要横着走，背上鼓着一个大包，撑起了衣服。村民小声评论他是"巴黎圣母院的驼子"。他很年轻就掉牙了，从二十岁就开始掉牙。有时候，也不知道为什么，他的皮肤会变成淡黄色的，或者说完全是黄色的。在这些日子里，他会发高烧，几个星期在床上都起不了身。他残疾了，但是村里的人都避免在他面前或是他母亲面前提这个词。我们不知道他母亲（我姨妈）是装作没有意识到他病情的严重性还是她真的难以理解我表哥的严重情况。"父母是最后承认自己的儿子疯了的人。"一天，我记得只有这一次，我们很吃惊地听到她对我们坦白，"你们知道啊，我儿子，他残疾了。"我们当然知道，在他母亲（我姨妈）不在的时候，村民们会说到他的残疾："可怜啊，你表哥运气不好，你真是个好孩子，去照顾他。"我去看他的时候，医生对我说："好好照顾你表哥，你知道，他不会活很大年纪。"当然，也有嘲讽的声音："你表哥是个驼子、村里的跛子……"

我们家的残疾人比其他家庭要多。我们没那么藏着掖着、没那么在意的原因是我们不知道对此怎么办。我们不能仅仅因为不能正确治疗就仇视医学。我有个表姐生下来就长了重腭，还有个表哥一直在生病——他对抗生素过敏，对洗涤剂过敏，对草过敏……我有个姑姑在喝醉的时候用钳子把牙都拔下来了——就是在修车厂里用的那种钳子。她经常喝醉，命该如此，这样就没牙可拔了。

那天，我记得表哥说："臭死了。"没错，他说得对，这就是死亡。我也想不到它是这种味道。那个老头决定待在家里再也不出去了，也不再去喝茴香酒——男人们晚上下班聚在村里的咖啡馆里或是失业之后在家里电视前度过了一天之后，都喜欢来一口。那个老头就待在家里，躺在床上一动不动等死。村里都在传，我也不知道是不是真的，大家都说他是死在排泄物上的。"他就死在自己的屎尿上。"每一个人都在窃窃私语着，传言他不再去上厕所，用报纸盖住他的屎尿，这就是死前对卫生的最后顾虑。"据说袜子都变硬长在他的皮肤里了，他已经好几个月没脱过袜子了，尿啊、屎啊、袜子就这样一点点跟皮肤长在一起，好像成了皮肤的一部分……然后，尸体都腐烂了。"村里的女人说，"他都被虫子吃了。"味道飘到街上，大家都聚集在发出腐烂尸体味道的房子周围，就在我表哥无意识地鉴别死亡的那天。尽管空气让人难以呼吸，但女人们还是用纸巾捂住鼻子，继续看着，继续留在那里，不想失去一个见识这样事件的机会。因为这样才能有一会儿，甚至几分钟的时间，打破无惊无喜的日常生活。表哥由于身体太脆弱了，在那天下午吐了很久。

这个故事，在以后的日子里我们经常讲，令我们获得过很多的乐趣。

良好的教育

　　我父母很注意给我进行良好的教育，让我不能像城里的社会渣滓一样。我母亲自夸道："我的孩子都是有良好教养的，我把他们养得很好。"我也不知道她从哪里得到了这样的信息，也许是从她父亲的话里。她父亲是参加过阿尔及利亚战争的老兵，他经常说："我的孩子都是有良好教养的，可跟那些阿尔及利亚人不一样。"

　　我母亲不断向我保证我比阿拉伯人或是我们特别穷的邻居高一等，直到初中毕业，我才意识到，我并没有自己想象的那样高人一等。在此之前，我就知道有比我的圈子更高级的圈子——里面有我父亲辱骂的资产阶级：村里食品店的老板娘或是艾美丽的父母……我甚至会幻想我在这个更高级的圈子里，但是因为我没有直接面对其他圈子，没有投身其中，所以我对此的认识也停留在直觉和幻想的层面。

我是之后才发现这一点的，尤其是通过和以前的老师们谈话。初中的老师们面对村里父母教养孩子的方式完全无能为力，他们在教师办公室说："小贝勒格勒倒是有能力，但是如果他继续这样下去——不写作业，经常缺勤，他也摆脱不了这种状况。"

我属于这样的阶层——孩子们早晨醒来就看电视，整个白天都在无人的街道上、马路中间、屋后的操场上或是墙角踢足球，然后又在下午和晚上看几个小时的电视，每天花在看电视上的时间有六到八个小时。我父亲对我说——当涉及上学的问题时，他有些笨拙——我想做什么就可以做什么，但是要承担相关后果。"你想出去就出去，想什么时候回来就什么时候回来，但是如果第二天上学的时候困了，那就是你的错。如果你想玩大的，那就坚持到最后。"而这时，老师的孩子、医生的孩子和食品店老板的孩子都被圈在家里做作业。

在同一周内，我父亲会问我好几次作业做了没。回答对他来说并不重要，就好像母亲日常问我在学校里过得怎么样一样平常。他的问题并不是他想问的，而是他的角色让他不得不问，有时甚至是违背他自己意志的。其实他也同意，或者说内心同意，对一个孩子来说，最好还是做作业。

大家出去玩耍的地点都聚在长途车站周围，那里是男孩们活动的中心。那里避风避雨，所以我们晚上就去那里玩。我觉得那里似乎一直都是那样：青春期的男孩们每天晚上在那儿聚集，喝点东西，聊聊天。我哥哥和我父亲都是打那时候过来的，回到村子里的时候，我在那儿看到了我走的时候才八岁的男孩们。他们占了我数年之前占过的位置。什么都没变，从来都没变。

没完没了的聊天会持续到深夜。总是讲村里的故事，就好像这里是个自成一体的世界，外界和别处对此一无所知。在我们太吵的时候，住在汽车站对面的老妇人让妮娜会给警察打电话。警察来制止我们的时候，我们就骂她"臭娘们儿、

老母猪"，然后飞快地跑走了。我们买成箱的啤酒，一直喝到
吐，还用手机拍下这些场景。

　　我记得从很年轻起，就有遇到失去意识、酒醉昏迷的经
历，得要打急救电话，让我的同伴们侧卧着，防止被他自己
吐的东西溺死。我自己也有过这样的经历：在"一醉方休周
六"的第二天，我在我们前一天晚上在村子旁边的草地上仔
细搭好的某一座帐篷里醒来，衣服上都是呕吐的痕迹。已经
发干僵硬、肮脏的睡袋里有我从病弱的胃里吐出的食物，散
发着难以名状的味道。我肚子疼得要命，脑袋还是一跳一跳
的，就好像心脏和肺都跑到脑袋里跳开了。"伙伴们"笑着说
我差点死掉，很有可能被自己吐的东西溺死，舌头都要吞下
去了。

　　为了让我父母安心，我尽量去接近这些男孩。但事实上，
我和他们在一起感到很无聊。不少次，我跟母亲说去跟他们
玩了，实际上却去找艾美丽了。我最喜欢的游戏之一就是给
她化妆，给她涂上口红和一堆乱七八糟的粉。我几乎不敢想
象如果我父母知道了真相会感到多恐怖。我感觉必须让他们

放心，让他们不要再被那些我也不愿意见到的问题困扰。

　　这样的夜晚也会发生斗殴。在汽车站大家除了喝啤酒，也会喝便宜的威士忌和茴香酒。聚会会持续到深夜，甚至直到日出，就这样等着时间流逝，更确切地说是等着时候到。汽车站也是红砖砌的，上面涂画着"死警察、臭玻璃去死！"
　　打架是家常便饭，女孩和男孩一样都打架——但是基本上还是男孩打得多。不仅仅是在酒精的作用下，几乎每天在初中的操场上都有这个场景：孩子们围在两个对手周围——有时还多些——大声喊着自己支持的人的名字。

　　一天，我和艾美丽也打了一架，与其说打架，其实更像孩子间的吵闹。她父母的情况比我父母好些，但是也并不能算是真正的"资产阶级"：她母亲在医院工作，父亲是法国电力公司的技师。那天，艾美丽想要刺激我——她知道这样说就能达到目的——就对我说我父母都是游手好闲的人。对于这次吵闹，我能回忆起很多细节。这些事可能本身只是毫无意义的小事，但是几个月过去，几年过去，随着自己的境况发生变化，它们变得有意义起来。

我打了她。我揪住她的头发，狠狠地把她的头往学校门口停着的汽车上撞，就跟通往图书馆走廊里的高个儿红头发和驼背矮个儿打我一样。很多孩子都看见了我们。他们笑着鼓励我："加油！揍她，揍她！"艾美丽哭了，求我别打了。她嘶吼着，呻吟着，恳求着。我明白她的意思，她要让我知道，她属于比我更好的阶层。当我在汽车站玩的时候，像艾美丽那样的孩子在读父母给的书，去看电影，甚至去看戏。他们的父母吃晚餐的时候会谈论文学，谈论历史，艾美丽和她母亲关于阿基坦的埃莉诺的一场谈话就曾经让我羞愧得脸色苍白。

而在我父母那里，别说谈话，根本没有吃晚餐一说，我们只是吃饭而已。甚至大部分时间里，我们都会用"撮一顿"这个词。每天父亲都会喊道："到了撮一顿的时间了。"数年之后，当我跟父母说吃晚餐的时候，他们还会嘲笑我："看他说话那个样。他当自己是谁？好吧，他可上了高等学校了，就要装成绅士样了，他要给咱们讲讲他的哲学了。"

讲讲哲学，这是敌对阶级才干的。那些有钱人、富人可以幸运地上中学、大学，所以就能学习哲学。而另一些孩子，虽然有时也可以喝喝啤酒、看看电视、踢踢足球，但是，这些踢足球、喝啤酒、看电视的人是不会去学哲学的。

我向艾美丽抱怨我母亲不像她母亲精心照顾她那样照顾我。我当时看不到艾美丽的母亲跟我母亲的职业不同、社会地位不同、生活状况不同。我母亲更难对我付出时间，相应地，也就是付出爱。

另一些时候，确实，母亲无动于衷反而令我放心。我初中放学时，她很容易就能看到我被打的痕迹，就像皱纹一样。挨的那些打仿佛令我变老了，脸上就像长了皱纹。我那时才十一岁，却比母亲还要老。

我知道，在内心深处，她是知道的。虽然不是那么清楚地理解，但她是难以启齿的，对一些她无法表述的事情。我怕有一天她会说出数年中累积的所有的那些问题——尽管她一直保持沉默。如果到那时，我必须回答她，跟她讲讲为什么挨打，讲讲其他人跟她想的是一样的。但是，我希望她不要太想着这些，最好能忘掉。

　　一天早上，我去上学之前，她对我说："你知道的，艾迪，你不要这么做作了，大家在你背后都笑你呢，这些话我都听过。你得清理清理脑子，多看看女孩子们。"她说这话时就跟我父亲一样，既混乱，又羞愧，还恼火。她想不通我为什么不能像父亲好多年前那样，在夜总会或是在村子节庆的舞会上吸引年轻的女孩。

　　从十二岁开始，我每周六都会和一些"伙计"一起去夜总会结识年轻女孩——我是这么跟父母说的，并且一再重复，希望他们能认同这些我外出编造的理由。父亲比我想象的难骗，看出我从来没有给他介绍我本该在这些场所结识的女孩。看着我哥哥每个月都会带年轻女孩来我们家，打算订婚、结婚、生孩子，他不禁思考我是不是太被动了些。

　　但这是男孩们的特权。当我姐姐和第一任男友分手，从舞会回来向我父母介绍她的第二任男朋友时，他们跟她说这可不行，她不能带另一个男孩回来，毕竟全村都已经看见她跟之前那个在一起了。"总之，你明白的。不是我们不愿意，我们对他没什么想法，他人也挺好，但是你不能像这样老带男孩回来。我们跟你说这些是为了你好，因为其他人肯定会说你水性杨花。"我的父母这样劝说我的姐姐。

我父母对我的行为、选择和喜好表现出不理解，至于我自己，则经常是羞愧中混杂着骄傲。父亲对此什么都没说过，母亲却跟我讲："不要生他的气，你知道，他是个男人，男人从来不表露自己的情绪。"他跟他工厂里的朋友吐露，他们又向我转述："我儿子在学校学习好，他聪明，甚至可以说是天才。他很聪明，他能学大学问，尤其是我儿子会变成富人的（最令他高兴的就是这点）。"他曾经说过，他讨厌"资产阶级"，几乎跟讨厌阿拉伯人和犹太人一样讨厌，他却希望能见到我跳过这道濠沟到另一边去。

从学校回来，我总能看到他在公共房间瘫在椅子上，一边喝茴香酒，一边看电视。电视声音很大，有时他在电视前快睡着了，打着鼾，如果母亲从电视前经过，他还会骂她。他总是同样的姿势，伸着腿，手放在肚子上。我姐姐说："他手放在大肚子上就像是个怀孕的女人。"房间里一股油味，因为母亲在那里做薯条——这是父亲最喜欢的菜。他说："我就喜欢男人的硬菜，吃到肚子里顶事，不像镇子里那些东西，又贵，碟子里还什么都没有。"这不仅仅是"我父亲最喜欢的菜"，也是他和我们吃的一样的少数几道菜之一，因为是他决定吃什么饭的。虽然母亲总是做出一副是她决定的样子，但是她还是暴露了自己，因为她跟我说："我也挺愿意时不时做点青豆或是沙拉的，但是你爸爸肯定又要嚷嚷。"我们只吃薯条、面条，偶尔吃米饭、肉、速冻绞肉牛排或是在打折超市买的火腿。这种火腿不是粉红的，而是紫红的，覆着一层脂肪，还出着水。

有油味，还有烧着的柴火味和潮味。电视整天开着，晚上也开着，他就在电视前睡了，他说："这就是一种背景音，我可不能没有电视。"更确切地说，他说的不是"电视"，而是"我可不能没有我的电视"。

绝对不能打扰他看电视。吃饭时候的规则是：看电视，别说话，否则父亲就会发怒。他让我们保持安静："闭上嘴，你们开始让我缺氧了，我的孩子们。我希望你们都有礼貌。作为礼貌的孩子，吃饭的时候不能说话，全家要一起安静地看电视。"

吃饭的时候，父亲时不时会说话，他是唯一有这个权利的。他会评论时事："阿拉伯人，看新闻的时候说的全都是阿拉伯人。咱们简直不在法国了，而在非洲。"说到他的饭："又是这些，德国鬼子可永远吃不上。"

我和他从来没有进行过真正的对话，即使简单如"你好"或"生日快乐"这种也没有。我生日的时候，他会给我送一些礼物，却没一句话。我对此也没什么可抱怨的，也不想他跟我说话。他用一种故作轻松的神气拙劣地掩饰着他的尴尬："等到月初，咱们领了家庭补助就能给你送件礼物了。你是十月三十号生的，可真不走运。"

我对他一无所知，尤其是他的过去，我对他唯一的了解都来自于我母亲。

每天晚上，快六点的时候，他的朋友们就带着茴香酒来找他。父亲就不工作了。一天早晨，或一个晚上，我对此不太确定。他像往常一样去了厂里——他带着饭盒，母亲头一天做好了食物装在特百惠的盒子里让他第二天吃。父亲抱着饭盒狼吞虎咽。那天，厂里给母亲打了电话："您丈夫的背突然扭了，他都哭了，我们很了解杰基，他可不是个软柿子，但是今天却真的疼哭了。"然后听到了医生的话（或者就直接是我父亲说的）："您丈夫在厂里长期背负太重的东西。以前就应该注意这个问题，采取必要的预防措施。但是您知道，杰基不喜欢医生，他总是不相信医生，他拒绝吃药，就跟他半身不遂的连襟一样。他的背是毁了，完全压碎了，骨盆都轧伤了。他得要无限期停止工作。"我母亲问："他失业的话我们就没钱了？"

那天晚上父亲就回来了，好些天都躺着。有时他的喊叫声都会盖过电视的声音和邻居孩子的哭声。我母亲说："那个邻居太太啊，她不会养孩子。"

他本以为只会暂停工作一些时间，最多几个星期。很快，几星期变成了几个月，整年。我父母开始谈论"长期疾病，权利失效，不再失业，最低收入，待业生活保证金"。最终，母亲对我说："是的，你父亲如果愿意的话可以重新开始工作，但是你看得很明白，他喜欢的是每天晚上跟朋友一起看着电视，喝茴香酒。艾迪，你得要明白这一点，你父亲酗酒，不会再去工作了。"

这样几年不工作，父亲也遭遇了村里的流言。在学校门口或是食品店门前，女人们议论纷纷，她们说："杰基是个游手好闲的，他已经四年没工作了，他都养活不了老婆孩子。看他家房子都疏于管理了，百叶窗都合不上，前面的漆也斑斑驳驳的，他大儿子喝醉了他也劝不下来。"

父母挺生气，他们对这些流言嗤之以鼻。母亲对我说："这不过是流言而已，我最烦那些乡巴佬，才不管她们呢，那些破娘儿们总爱横插一脚。"父亲曾经试过重新找工作，但是在收到百来次拒绝后就灰心了。他还是每天晚上请朋友们来家里，他们会带上两升茴香酒，有时候更多，甚至有三升。数月过去，他们更难喝醉了，父亲和他的朋友们也意识到这点，说："哦，现在我血管里的茴香酒比血还多了。"

每个周五下午，我放学的时候都已经天黑了。我参加了法语老师组织的戏剧社，父亲受不了我对戏剧的兴趣，感到非常恼火，经常拒绝开车接我下课，他抱怨说："没人强迫你参加愚蠢的戏剧社。"我就得要步行十五公里回家，在田里走好几个小时，鞋子上都是泥土，能有几公斤重。田地好像无穷无尽，就像大家说的，一望无际，时不时有动物穿过田野从一个小树林窜到另一个小树林。

通常在我比平时回家晚的日子里，父亲的朋友早已经在那儿了。他们又开始喝他们的茴香酒，每次都说："我们可不会喝得又一条腿走回去。"母亲反驳道："你们最后喝得不是一条腿也不是两条腿走回去，是像章鱼一样十条腿走回去的。"他们抽的香烟和壁炉里木头发出的烟让房间里一片昏暗，透过层层烟雾可以看到很稀薄的光线。母亲总嘲讽道："抽得好。"父亲和他的朋友蒂蒂、德戴每天总看相同的节目。一边看一边对里面的女性评头论足，以此加强他们的男性自信。"妈的，这个好，真想跟她来一场。"一天晚上，我放学回来的时候他们换频道了。他们很少换频道，是《幸运之轮》的死忠粉丝。节目快要开始的时候，他们说着："快，《幸运之轮》要开始了，别落下开头。"他们停下手头正在做的，停止聊天，气喘吁吁地赶到椅子上坐下。他们这一天就在等着这一刻，从某种程度上来说，整个一天的意义就是等着晚上一边喝酒一边看《幸运之轮》。

　　另一个频道在演一个同性恋参加的真人秀。这个人性格外向，穿着彩色的衣服，举止女里女气，留着我父母这种人难以接受的发型。他们都难以接受男人去理发店。男人不应该去理发店，就让老婆剃头就行了。这个人让他们大笑："啊！这家伙在骑元座自行车。我可不想在他旁边去捡香皂。"有时候他们都不觉得好笑，觉得反感了，就开始提建议："应该把这些臭同性恋抓起来，或者给他们屁股里插根铁棍。"

　　就在这个时候，在他们评论电视里的同性恋的时候，我放学回来了。他（电视里的同性恋）叫史迪威。父亲向我转过头，问我说："嗨，史迪威，怎么样，上学还好吧？"蒂蒂和德戴开始大笑：眼泪都笑出来了，身子就像突然被魔鬼附身扭成一团，吸不上气来。"史迪威，对，确实，既然你说了，你儿子说话的时候神气确实挺像。"我不可能那时候哭，强忍着泪水，微笑着快步走到我的房间。

父亲的另一面

　　是母亲跟我讲的这件事。在村里的舞会上——一年中村里的礼堂里总会举行好多次名目奇怪的舞会，如"八十年代马铃薯饼之夜""模仿强尼的豆子什锦砂锅之夜"……当时，有个勇敢的同性恋出柜了，他会和可能是在离村子数公里的地方、无人的停车场或是肮脏的加油站遇到的男人一起来参加舞会。村里的男孩们也会去那儿喝喝酒，玩乐玩乐，唱唱歌，勾引一下为数不多的女孩。喝了酒又抱团，这些男孩开始对那个同性恋起哄，打了他肩头几次。他们用挑衅的语气，说："低下眼睛，不然我就揍你了。"我父亲到了，全都听到了。他很生气，攥紧了手心，然后对他们说："妈的，人家好好的，你们干吗惹他，欺负他很牛吗？他是同性恋关你们什么事？

影响你们什么了？"他让他们赶紧回家。母亲也在一旁说："别在这儿闹了。他两根手指头都能把你们打倒。"

母亲还跟我讲了父亲人生中的另一段经历，他将近二十岁的时候，决定要离开工厂，离开这里的一切去法国南部。"他炒了老板鱿鱼，你知道这可不容易，你要明白，咱们这儿的人一般不挪窝。上完初中就去工厂工作，整个一生都在工厂里干活或是到附近的小村子定居，而你父亲坚决地离开了。"

那个时候，我父亲走了。他之前肯定经常梦想离开。他想象着南方的太阳会让工厂的活儿容易些，那里的女人也更漂亮。他走了，试着在土伦找工作，但是没成功。母亲说："他想要在酒吧当服务生，但是我想他在吧台喝酒的时间肯定比找工作的时间长。我不知道你父亲是不是做什么工作作为交换，我不太清楚具体发生了什么，你父亲话不多，但当时是一个老女人给他提供食宿的。一个有钱的老女人。我记得是个摩门教徒。"

在这次出行中，他和一个小痞子成了朋友（我母亲说那
是个"扒受"，她的发音总是有些含混），这个朋友让人叫他
"白雪"，这个绰号很讽刺，因为他是马格里布人，皮肤黝黑。
他们成了很好的朋友，一起度过了无数个夜晚，两个人一起
追女孩。那几个月间他们形影不离，直到我父亲回到北方。
母亲也不知道为什么。他的过往又攫住了他，尽管努力，却
没能成功摆脱。她不懂的是："你父亲对这件事绝口不提，不
提他在南方的旅行。他说要杀了那些阿拉伯人，但是他在南
方的时候，他最好的朋友就是阿拉伯人。我跟你说这些是因
为我不明白你父亲为什么这么种族主义，我可不种族主义。
确实，阿拉伯人和黑人占有了一切权力，拿走了咱们国家所
有的钱，但是我也不像你父亲一样，想把他们都杀了，或是
抓起来，关到集中营里。"

男人们对医疗的抗拒

在父亲的一再责骂和劝说下，我最终和村里的一些男孩走得近了些。如果说他们是我的"伙计"，这是假的，我基本是绕着他们转的一个孤独的存在。我从来没有完全打入男孩的圈子。他们仔细安排晚上的好多活动，避免我参加，没有人邀请我跟他们踢足球。这些对于大人们来说微不足道，却在一个孩子心里在意了很久。

每周，我们都会在邻居的木棚里聚好几次（这些聚会并没有事先计划）。那是一个在院子中间搭的大木棚，很大，就像是匆忙搭的，或是曾经经历过狂风骤雨，看着随时都要塌。基本上，所有花园里都有这样的棚子——用垃圾场捡回来的又宽又薄的钢板搭成。在那个时代——其实也没过多久，就在二十一世纪初——花园还没有用栅栏分开，大家在屋后分享一个共用的大院子。这让我们可以不用惊动大人、不被看见就很容易能聚在一起玩。

下午，我们待在一堆堆木材和木屑中玩，那些木屑证明着男人们为烧炉子和房子取暖而劈柴花费的时间。我光着脚在生锈的钉子和长满蘑菇的树皮中走动，母亲呵道："不要光脚走路，这样很危险！木头中间有钉子，踩中了会得破伤风或是感染。这可真不像你，你不能穿上鞋子，小心一点吗？"她又说，"唉，这家伙白白在学校表现好了，一点都不聪明。"

一天，就像母亲曾经说过的那样，我踩到了钉子。出于羞愧，更多的是出于自尊，我不愿承认她说对了。于是，我决定保持沉默，把右脚上钉子刺破的伤口藏起来。过了几天，我的脚上出现了一个发黑化脓的疮，那个疮越长越大，就像是布上面的一个墨点。又过了几天，我越来越不安，就好像是麻木的精神刚刚产生意识一样。有时候，时间过得越久，改正错误、解决棘手问题的机会越渺茫，反应能力越弱。我终于决定——我做了巨大的努力才不再冷眼旁观这变得越来越棘手，甚至可以说是危险的情况——每天抹母亲那气味刺鼻的廉价香水来给伤口消毒。我一天抹好几次，因为在这个阶段我已经不是不安了，而是恐慌，要面对这个我一无所知，或者说知道很少，却在我脑海里回响，令我颤抖的词——破伤风。当她在我身上闻到自己的香水味时，她问我是不是疯了，抹女士香水，抹自己母亲的香水——她用疯了这个词来避免提到另一个词：娘娘腔。她不愿意想到"娘娘腔"这个词，于是说服自己——这就是疯了，也比有个娘娘腔的儿子强。

　　我从父亲那儿继承了这种对健康问题漠不关心的态度。与其说是漠不关心，更可以说是对医学和药物的不信任和敌意。我过了很多年，甚至到了成年，远离了生我养我的乡村后，才接受吃药。直到今天，想到要注射抗生素或是叫医生，我还是禁不住感到一阵抗拒。总的来说，不仅仅是我父亲，男人们都不喜欢这个，他们的准则是："我才不要娇气地总吃药呢，我又不是娘娘腔。"我就是在这种对医疗抗拒的环境下养大的，尤其是我又很纠结地一定要模仿出（如果不是画虎不成反类犬的话）男子气概。但很多年之后，我才明白："觉得自己不是男子汉的人才乐于显得有男子气概，知道自己内心脆弱的人才会有意彰显力量。"

　　我叔叔就为这种男人对健康的忽视付出了代价。他一生都吸烟，从来不考虑是否过量、合理限制之类的问题。烟草染黄了他的牙齿，他牙齿发黄发黑，吉卜赛人香烟的味道浸透了他的衣服。他吸烟，而且工作之余也喝很多酒，就像我父亲一样，想要忘记令他精疲力竭的白天。他得扛纸箱、包裹，拿着表掐时间在十五分钟内吃掉马马虎虎热了、他老婆在头一天做好装在饭盒里的饭。分拣中心的噪声震耳欲聋，甚至很让人头晕目眩。午饭几乎还没来得及坐下，流水线的上司就过来让他不要超过休息的时间，哪怕一分钟也不行。母亲跟我说过他正在越来越明显地酗酒："哎，你叔叔也像其他人一样变成个酒鬼了，真是都一样，不用五十步笑百步。"我越来越频繁地看到他在街上摇摇晃晃地走，辱骂村民，对年轻女人说些调情意味的话："我要亲亲你，亲爱的。"甚至在大庭广众之下脱了自己的衣服。我婶婶想尽量保持尊严，当着学校门口其他女人的面装作不知道她丈夫的出格行为。

在某一天的下午，有人发现他在人行道上一动不动，几乎死过去了，脸朝着地，脸上的皮肤都蹭破了，鼻子也摔塌了——酒精性昏厥。发现他的人叫了消防员。

我叔叔最终被救护车送到了医院。几分钟之后，几乎半个村的人都围在他一动不动的身体周围。当天晚上婶婶就来看我们了，面色阴沉，没有眼泪。她对我们说情况很严重。我叔叔抽了太多烟，喝了太多酒，健康状况堪忧，引发了脑血管问题。他瘫痪了。"医生对我说他甚至有可能醒不过来了，我都跟他说过别喝酒了，我跟他说过了，但是他什么也不做。他太过分了。"

两周之后，我知道了"半身不遂"这个词，并且了解了它的含义。因为，我叔叔左半边身子瘫痪了，他得要一直卧床直到生命结束。医生面带惯常的遗憾神情说，他离生命结束的日子已经不多了。他的健康状况一直在恶化，一咳嗽就是几个小时，他整天都在喊叫，尤其是晚上；他叫醒我婶婶让她给他换个躺的姿势，翻翻身，因为他的四肢都麻了——

用他自己的话来说是"蚂蚁在胳膊里爬"。我婶婶说："我受不了了，我都想过好多次自杀。"可能由于身体的状况，他的精神也有些混乱，受不了在客厅里卧床的日子。卧室里没有空间再搭一张陪护床。他还辱骂我婶婶，说："臭娘们儿，你就希望我死了，你就等着这个了。"

我婶婶说："他这么跟我说，我觉得是不公平的，因为如果我愿意，我本可以把他送到养老院里去；但是我不愿意，我希望和他待在一起，我来照顾他，我会一直照顾他直到他死，我是他老婆，这很正常。"

尽管是这种情况，我叔叔还是拒绝医治。

婶婶总是说："我都不知道跟他说什么，他从来都不喜欢吃药。这是他的骄傲，他是个男人，我什么都不能说。但是，算他倒霉，如果继续这样下去，他肯定要麻烦不断，就像希尔万一样。"

希尔万（见证）

　　希尔万在家里很受欣赏。表哥希尔万比我大十岁，是个硬汉，年轻时经常偷轻便摩托车或者入室偷电视机、游戏机，之后再卖掉；有时还点爆信箱，破坏公共建筑。他在进行毒品交易或是酒醉驾车时，后座载着他的孩子们，还被抓住过好几次。"他总是不停地做蠢事。他可跟你不一样，他不喜欢上学。"当婶婶或是家里任何其他人说到希尔万的丰功伟绩时，与其说是不安或责备，更多的是对家里有这么个硬汉中的硬汉感到自豪。"希尔万得要冷静点，不然他会失去孩子们的监护权的。"

　　希尔万是我们的祖母带大的，他母亲失去了孩子的监护

权，我想是因为酗酒。她的大部分孩子都是和自己的表哥生
的，已经引起了公共机构的不信任。

他犯了各种各样的不是很严重的罪行，但又不断一犯再
犯。因此，法庭决定——这个判决已经在我表哥头上悬了好
多个月了——让他入狱，监禁三十周左右。我祖母去探望他
之后，给我们讲了他遇到的困难：经常和其他囚犯打架。监狱
里的日常生活对穷人来说尤其难过，那里什么都要付钱。"你
们想想，连厕所里的纸都要付钱。老实说，这也太令人气愤
了。"还有——祖母几乎不敢说，只是稍稍影射就让她红了脸，
垂下了眼睛——她对此不太确定，因为希尔万对此也是吞吞
吐吐，和她一样。他们就这样对此侮辱进行了无声的交流。

几周之后，据我祖母说，鉴于他"表现良好"，法庭允许
他在一个周末回家看望家人和朋友。他那几天夜里躺在床上
时一直在想着这件事，像孩子一样兴奋地安排着就要到来的
自由日子，并且为此制订了一个详细的计划。随着这个周末
越来越近，这个时间表就越来越具体。他曾经跟祖母讲过取
得此次许可时的幸福感。他觉得不论是谁，只要经历了同样

多的磨难就比别人更能感到幸福。他明白这两者是相辅相成的，那些只生活在舒适中，没有感受到迫切的需要或是侮辱的人是缺点什么的。就好像这些人没有真正的生活过一样。

他可以和他的孩子们玩耍，选择几点吃饭和吃什么。"他马上就去了麦当劳，他想麦当劳了。"

祖母神色悲痛地给我们讲了接下来的事。

"那是他要返回监狱的前一天晚上，他来看我的时候，我马上就看出来了。我在他的眼睛里看出有什么不对了，因为我很了解我的希尔万，是我把他养大的。他看起来挺忧伤的，但同时——我很难解释，他看起来又很高兴，因为他知道自己不会回那里去了，他脑袋里已经想好了。我想就在他打开门，就在他回来的那一秒，我明白，他就已经选择不再踏足那里了。你想让我跟他说些什么，我已经有这么长时间没见过我的希尔万这么高兴了，没用的，你们了解他，没人能让他改变主意。

"他是一个硬汉。"我祖母喃喃自语道，"开始，他坐下了，就好像什么都没发生。他问我白天干了些什么，他以前从来没这么做过——差不多三十年间他从来没这么做过。其实，这也是一条提示啊。我真蠢，真的很蠢，因为他完全能猜到，但是我还是演着。我回答说：'我去面包店买了面包，喂了鸡，然后坐在沙发上安静地看电视。'他坐在那里，就像往常一样。这时，一阵沉默。你知道，这些时候，沉默的时刻显得很漫长。就好像在数着秒，就好像一秒就有一小时。真不舒服。我的意思是，我和希尔万在一起是不会不舒服的，从来没有。对于沉默，过一会儿我们就忘了这不重要，这就是生活。我甚至都不是说不在意，而是根本没注意到。但是那天，那天是不同的……"

安静了很长时间，表哥说话了。对他来说最艰难的是他知道祖母已经懂了。他准备说的是她已经预见到的。他只是害怕她不能理解。关键不是告诉她什么东西，而是要让她接受她已经心知肚明的东西。所以，他宣告说他不会回监狱了。不是他不愿意，不是他的意愿受到了考验，而是他不能再回去了。他不能再每天吃同样的食物。"奶奶，我向您发誓，大家整天说医院的饭菜不好吃，但是在那里吃得更糟。"虽然他在里面交到了朋友——那些一起在庭院里放风、一起谈论老婆孩子的朋友，对他来说那里已经变成第二个家，他的朋友会保护帮助他，他也保护帮助他们……但是，一想起里面，他也是厌恶的（就好像有些人总是和某个特定的地点、特定的空间和特定的时间联系起来的，根本不可能分解开；就好像存在着关系的地理范围，对某个地点的好恶会不可避免地引发对那里的人的好恶）。他再也闻不了牢房的味道，再也听不得楼上的疯子每天晚上用拳头捶墙的声音，那个疯子摇晃的不是铁栅栏，因为在现代的监狱里这基本已经消失了，取而代之的是铁门。扰乱希尔万的不是那个疯子制造的噪声，而是他怕有一天自己也受不了被关在这几平方米方寸之地的痛苦，而陷入癫狂的状态。

我祖母说："那时他对我说，奶奶对不起，但是我不会回去了。他盯着我的眼睛，我也没有垂下眼睛，而是盯着他。我想要告诉他，他正在跟我讲的东西，没问题，我能听进去，我没有很受震动。他没必要字斟句酌地说，不用因为我是个女人而这样。那么，我又做了些什么呢？我撇了撇嘴，摸了摸脑袋，装作犹豫，甚至是有点生气的样子，想要知道他是不是真的确定自己想要做什么。他知道。如果我对他说不要这样，他应该回去，他肯定会回答我，而且得要承认这样说也不全错，他会问我想让他在监狱里完蛋，在监狱里死吗。我可不能让这样的事发生。我问他确定自己的选择吗。他的回答是肯定的。他还说如果他回去，毫无疑问，我就再也见不到他了。他这样跟我说的时候，真是让我脑袋发晕。我忍住没有哭出来——我也不是个会哭的女人，装作擤鼻涕的样子告诉他收麦子的时候，麦草总是让我得鼻炎。他抱了抱我，走了。"

这之后，希尔万回了自己家。他和几个朋友庆祝了自由。开始一切都好，警察没有马上来抓他。由于受看过的电视剧的影响，他本来想着只要一瞬间警察就会来，几十辆汽车，甚至还有一架直升机，全都包围着房子，用扩音器说："贝勒格勒先生，您被捕了，不要动。"

他喝醉了（我想那天晚上为了庆祝肯定喝醉了），他去孩子们的房间找孩子了，他们正在看一部录像《孩子们，开车去逛逛》，就像我父亲一样，喝醉的时候就想开车。这简直是对他的挑战。孩子们很兴奋，他们不会想为什么现在，在这个时候要去开车。他们穿着睡衣，换上了鞋。他妻子不让他们出去，说他喝得太多了，又吸了太多，神志不清醒了："你总不想杀了你自己，也杀了你的孩子们吧。"他们吵了起来。希尔万对他老婆说她不该这样说。她本不该出口这样的话。她不知道在监狱生活意味着什么，不知道他在那里经历了什么，无论如何她绝不应该质疑那里意味着什么。在酒精的作用下这些话脱口而出，我们永远也不知道这是说话人长期以来就埋在心底的话还是和事实没有任何关系的胡话。"而且，我最终会入狱也是你的错，因为你不够爱我，不然我也不会需要去干这些蠢事。我这样做就是要弥补爱的缺失，我已经被我妈妈抛弃了，只要想想就发现，我一直是被抛弃的那个。"这些话是我祖母听电视上的心理学家们说的，然后灌输给他的。她也跟我说过，希尔万的老婆照顾他不够，从这种意义上说，她对他的行为是应该负责的。在农村，男人们的行为都会归咎于女人，女人的责任就包括在舞会门口的斗殴中管住男人。"哎，你说他老婆啊，她根本不管希尔万。真是个臭娘们儿。

两人争吵过后，希尔万开着车，没带孩子就走了，愤怒让他身体的每个部分都骚动了起来。车子刚开了几公里，一辆警车拦下了他。

我祖母又说："警察抓到他的时候已经知道了。一切都是有预谋的。他们没有马上跟他说，而是装作这只是简单的控制，是例行公事而已。他们装作没有认出他来。他们让他吹酒精测试球，他吹了。他们肯定很高兴，因为他们又有了理由抓他。虽然不论有没有这一遭，他们都会抓他的，但是这就更加名正言顺了，罪加一等。而且，他还吸了很多，警察也不蠢，他们已经习惯了，这是他们的工作。他们做了血液酒精检测。你了解希尔万，他酒量很好，简直就是人们说的海量。当时，我不知道，但是我想警察们肯定很高兴让他慢慢煎熬，让他等着，想着他肯定是害怕的。讲话那个人，我想应该是头儿，他向希尔万要证件，然后走回他的车去电脑上验证——警车上都装着小电脑，让他们能很快认证别人的身份。他们认出了他。

"希尔万脑子里绷着的弦断了。他踩下加速板，像是要逃跑。所以，那个警察就干了什么呢？嗯，他跑到车前面，说是要阻止他逃跑。我不知道当时希尔万脑子里在想什么，'啪嗒'一声，突然就疯了。就像平时很温驯的狗，有一天突然扑向在客厅里安静玩洋娃娃的可怜的小女孩，朝她脸上咬去。女孩要么死了，要么毁容了。通常在这种情况中，那条狗是跟小女孩很熟的，是家里养的狗，他们一起度过了很长时间，那条狗平时是最温驯不过的了。父母努力让狗平静下来，但是在那样的情况下，做什么都是白费劲，根本不可能，不可能让它平静。你想着是你把狗养大的，你喂它，抚摸它，对，还抚摸它，而有一天，毫无预警的，它就当着你的面去咬你的孩子了。你扑向那条狗，使劲打它。你看起来很生气或是很害怕，力气比平时大了十倍，你喊叫着，哭着，总之我尽量想象，但幸亏我身上从来没发生过这种事。但是，你越打狗，它咬在你女儿莽子上的牙关就越紧。房间里到处都是血，甚至还有正在喷溅出来的，你的小女儿想要喊叫，却喊不出来，就在这时，她的嘴里喘出了最后一口气，我想这就是所谓的临终的嘶鸣。唉，我不知道，就是尽量想象，你跑到厨房拿了切肉刀，回来刺向你的狗。大家都想着这样很容易杀掉一个人，但是事实上，我是知道的，我要杀鸡吃的时候就知道了，其实很难。要在刀上使劲按才能刺进肉里，要有劲才行。而且我跟你说，得要自己有意愿才行。你对着狗乱砍，但是已经太晚了，因为当你终于把这个畜生杀掉的时候，你会发现你女儿已经半死了。你只能看到两具躺着的尸体。

　　"总之，我说的不是这个，我本来想说的不是这个。希尔万，他踩了加速板，那个警察站到车前阻止他，但是希尔万的脑袋里一闪，还是发动了车子，并且加速行驶。他撞上了那个警察，把他掀到了车上。那个警察趴到了前挡风玻璃上，还好，他伤得不严重，很快又站了起来，和同事一起去追希尔万，就跟电视上看到的警匪追逐是一样的。但是我的小伙子，他可不能让警察追上，他甩掉了警察。他们追丢了他。"

　　几个小时以后，在一个新建房子的工地上希尔万被发现了。他知道自己最终会被捕的。他去那里的时候带着棒球棒——他的车上一直放着棒球棒，以防毒品交易中的某个债主哪天突然找到他，打他要求他还钱——一个个地打破窗子，发出的喊叫声回荡在寂静的夜里。他把玻璃全都打碎了，还想要放火，喊叫声越来越大，让我们不由觉得他是在通知住在附近的人（就是间接通知警察）他来了。他不想因为仅仅拒绝按时回去就又进监狱，这正是他的痛苦所在。警察到的时候，在一堆碎玻璃、砖头和瓦砾中发现了他，刚才他就用这些东西在砸墙。他用喷涂颜料在墙上写下了大大的"NLP"。给他戴上手铐的时候，他没有反抗。

希尔万上法庭了。他看起来很平静，就像警察逮捕他的时候一样。比我们本来想象的和他之前表现出来的平静多了。检察官问了他些常规问题：为什么做这个？为什么这样？还有关于他的过去、他的孩子和私生活的问题。法官还问他："您有一个未谋面的父亲和抛弃您的母亲，所以您认为这些生活中的因素对于您的罪行是不是起到某种作用？"其他一些问题由于用词复杂，他根本不懂——这样的用词不仅仅是出于司法程序的要求，也因为个人教育圈子的不同。"您确信您的行为可以归咎于外界限制还是您感觉这次事件中唯一相关的因素就是您的个人自由意志？"我表哥结结巴巴地说他没听懂问题，请法官再重复一遍。他不觉得尴尬，根本没有直接感觉到检察官行为的过分，这种出于阶级的粗暴曾经把他摒除在了学校的世界以外，最终，由于一系列因果，这种粗暴把他带到了这里，这个法庭上。相反，他肯定还在想检察官真是可笑，讲话像个娘娘腔。

这个法官问过了这一系列问题，最后问他——这也是个简单的程序而已，因为大家都觉得自己是知道的——他写的"NLP"是想说什么。就此，他一被捕，我家就长时间地讨论过："希尔万确实一直都很讨厌警察，看见他们的画像都受不了。"检察官问他对警察的恨从何而来，在这片他弄成废墟的工地上（玻璃片、砖头、石板片），他正在把东西都收起来，怎么还想着回车上去拿喷涂颜料在墙上写下"NLP"，这个大家都知道表示"警察×××"（辱骂警察的话）的缩写？这个行为本应该是事先计划的，所以与希尔万行为中表现出的疯狂是不相符的。"检察官先生，您根本没懂。'NLP'不是表示'警察×××'，而是'检察官×××'。"每当讲到这段，对检察官的挑衅直到今天都还令我的家人们震颤，他们说："这家伙真有种。"希尔万回到了监狱，被判了六年。然后被诊出晚期肺癌。他拒绝吃药。一天早上，人们发现他死在了牢房里。他还没到三十岁。

（为了搜集这些信息，我回到童年时生活的村庄，并待了两天。我去那里是为了看看我祖母，并问她一些关于希尔万表哥的问题。她在她新的小廉租房里接待了我，那片的房子都一模一样。她离开了一直住的那所房子，并卖给了我姐姐。这是我第二次来这里。第一次来的时候，房子还很干净，这次我感到祖母已经渐渐地占领了这个地方，能闻到脏乱的味道、脏狗的味道——她确实在这个三十平方米的房子里养了一条小狗，养在老房子里的那些狗这时都死了。我不知道怎么描述这种脏狗的味道，它经常出现在乡下的房子里，我母亲的房子里也有。她说给我弄点喝的，我同意了。她递给我一个脏杯子。我沉默着，什么也不敢说。我拿了杯子，她在里面倒了一点浓缩草莓汁。她去厨房把一个空洗涤剂瓶涮了涮，然后给里面倒满水。我明白她要用那个做盛水瓶。尽管感到恶心，我一直什么都没说，让她在我的杯子里倒上水，对里面的洗涤剂颗粒感到震惊。关于那些问题，我问了她两个小时，其间一直没有碰杯子。祖母还时不时疑惑地瞟一眼。）

失败与逃避

棚子事件

这件事发生在那两个男孩第一次打我之后不久，最多几个月之后。

事情开始于我们在邻居家的木棚子里度过的一天。那天下午，布鲁诺请我们去他家：他父母不在。他让我们去他房间看一部片子。他一直说："我有点儿东西，很棒的东西给你们看。"我们比他小五六岁，总是会听从他的指示。他让人叫他"这帮人的头儿"。

他让我们坐在他的床上，最初应该是白色或本色的床垫脏得已经变成了栗色或者说橘色的，我们一坐下就有灰尘荡

起来，散发出了一股潮湿的壁橱的霉味。他出去了几秒钟，
回来的时候手里拿着一盘录像带，那是一部色情片。"我从我
爸那儿偷来的毛片，他不知道，如果他知道，肯定要杀了我。"
他建议我们一起看。另外两个人，我表哥斯特凡和布鲁诺的
一个邻居法比安，他们都同意了。至于我，我是不想的。我
说这可不行，我们不能这样做。又补充说我觉得男孩一起看
色情片挺可疑的，甚至挺扭曲的。我表哥假装被逗乐了，他
用一种恰到好处的欢快语调说，这个建议只是个玩笑，他并
不是真的想要这样干。这样一说，如果我们大家都勉强敷衍，
他就可以说他其实是在开玩笑；但是，他讲话的语气却很认
真，很权威，这足以让大家心知肚明，他是真的想这样做的，
他建议说我们一起看着电影手淫。一阵短暂的沉默。大家都
互相观察着，想从别人的眼睛里看出要怎么反应，大家都不
想冒险做出回答，以免以后变成被人孤立或嘲笑的原因。

　　我不知道是谁冒险第一个同意我表哥的建议的，从而让
大家都同意了这个建议。我不能接受，说："可是，我可不想
看你们的下面，我又不是臭同性恋。"

那时，我和一切与同性恋有关的东西保持距离。一天晚上，我们在村子里的市政体育场玩——事实上，那时，在工程修建之前那儿只是一大片绿草地，上面竖着几个生锈的钢柱子作为球门，晚上我们会翻栅栏偷偷进入体育场。我们把汽车站的啤酒拿到那儿去喝。一天晚上，我表哥斯特凡喝醉了，开始说些关于自己和自己身体的胡话。他说："伙计们，我是个猛兽，我是个猛兽，谁要碰我就死定了。"他一件件脱下衣服，想要向大家展示他说的是真的，他的身体有多强壮。在村子里，男人们喝醉时经常这样做，就像瘫痪之前的叔叔、阿尔诺和让，每年市政节庆，他们最后都会光着身子站在那一排排搭起来让村民聚集在一起吃薯条和烤肉的桌子前。烤肉是法比安的父亲做的，他的绰号是"香肠"，因为在市政节庆和开跳蚤市场的时候，他是负责烧烤的。法比安的绰号也是"香肠"——绰号是世袭的。

其他人都笑了起来。我表哥从足球场一边跑到另一边，向大家展示着自己的身体。而其他的男孩很高兴，这些事情总能让男孩们大笑。

　　其中一个人问我为什么不加入他们。我大声回答，以便让所有人都能听见，我是不会参加这类事情的。看着他们这个样子，就跟布鲁诺拿来的电影一样，我觉得令我想吐，我认为他们的行为是真的同性恋者的行为。事实上，这些肉体令我眩晕。我把之前别人说我的那些字眼用在他们身上，让它们不要侵占我的身体。我一直坐在草地上，批评他们的行为。

　　我的意见根本不起什么作用。就跟其他所有地方一样，决定都是具有男子气概的人做的，我是被排除在外的。决议权控制在布鲁诺和其他人手中。我不知道他们是有意不让我发言还是根本没意识到，但是这个机制自己发挥了作用。他们不听我的，把那部片子放进了录像机。影像刚出现的时候，他们还开着玩笑，渐渐地大家的骚动改变了性质。呼吸越来越紧张，身体都被汗浸湿了，眼睛黏在了屏幕上，嘴唇轻轻颤抖着，这种颤抖到了极致，能看出大家有些害怕。他们露出了性器官，抚摸了起来。我还听到了呻吟，真正愉悦的呻吟。

我说我得要走了，不想看着他们进行这个游戏，太混乱了。我没有说自己也被扰乱了心神，我想要掩盖这一点，装作平静的样子。回到家，我哭了，被这些男孩在我身体里燃起的欲望和对我自己以及我充满渴望的身体的厌恶折磨着。

第二天开始，我又和他们一起消磨时光了。我们没有马上再提起那部片子。

我们和平时一样聚在棚子里用劈柴做木头武器。这天，我表哥打断了榔头和锯子发出的声音，说："妈的，上次看的片子还是不错的。"（他说这些话时，我的心狂跳起来，我感到每一下跳动都能让我死去，我的心脏再也受不了这种狂跳了。）他等了几秒，又开始工作（劈柴），然后又说："哎，也没有那么多女孩可以交朋友，而且这儿的女孩都太放不开了。"（榔头捶一下，心跳一下，榔头捶两下，心跳两下，两者相呼应奏响了一曲地狱交响乐。）

接着，一个想法突然就来了。我母亲肯定会说："想法说来就来，就像尿意一样。"我表哥提议："咱们可以像片子里那样，干一样的事。"据他们自己所说，以前从来没有见到过同性恋，他们是厌恶这个的。然而，他们的反应可不像大家想的那么腼腆。"啊，好啊，应该能行，咱们可以好好玩一把。"布鲁诺问我们可以在哪儿玩这个游戏，然后建议说就在棚子里。他们的微笑一直没有消失，对他们来说就好像保障了某种权利，可以随时把这个脆弱的计划变成一个大玩笑。他们小声说着，好像他们的话是炸弹，得要非常小心对待，就好像一抬高声音，这些炸弹就会马上把他们炸个粉碎。我表哥自我安慰，并安慰我们说只是在这个下午玩一个游戏。"咱们就是可以这样做，来玩玩。"他让我去偷我姐姐的首饰，说："艾迪，你可以去偷你姐姐的戒指，以后都不会再这样了，这次这样更好，防止混乱。不戴戒指咱们会搞混的，戴着戒指更好分辨角色。这样，戴着戒指的人扮演女的，是被亲的。"

我照做了，根本无法拒绝，只能做一切他们要求的事情。我跑回房间去偷我姐姐藏在一个紫色的小首饰盒里的戒指。我回去的时候，他们还在棚子里。我告诉他们"我带来了"。布鲁诺命令我"拿出来"。他给了我一个，另一个给了法比安，说："你们俩装女人，我和斯特凡扮演男人的角色。"他们看上去一点都不紧张，更像准备玩一场与平时不同的刺激游戏，就只是一场孩子间的游戏而已，就像布鲁诺经常以虐待他母亲养的母鸡为乐一样。我记得他用钓鱼线绑住母鸡，母鸡会发出一种难以名状和模仿的恐怖叫声。他还会去烧那些活着的鸡，甚至有一次在踢足球时，整场都用一只母鸡当球。我意识到，自己长久以来被压抑的欲望和本性让我无法自拔，我激动得都快烧起来了。

我趴在地上，或者更确切地说是趴在木屑上，棚子里的木屑就像一张厚厚的地毯，我呼吸的时候把木屑都吸到了嘴里。我表哥递给我我拿来的一只戒指，说："喏，戴上戒指，否则就没用了。"我顺从他所有的要求，觉得自己终于成了自己。

这只是一个开始，接下来好多个下午，我们都聚在一起。我们的母亲们每天会来这个院子数次，给花园除草、拔菜或是在棚子里拿些劈柴，我们要非常小心，不能被她们抓到。她们中有人来的时候，我们总是装作在玩别的东西。

我们越来越疯狂。这个阶段，我就跟大家一直说的那样，觉得自己是男儿身女儿心的想法越来越强烈。我渐渐地变得错乱了，自己的认知一片混乱。我每天在棚子里和那些男孩见面，我对自己说这是不对的——我知道发生了错误。

直到有一天，一切都结束了。

是我母亲。她不知道她将会间接促使我在学校里受到更多的羞辱和拳脚。我和其他三个人一起在棚子里。我食指上戴着戒指，扮演女性。我母亲来了。我们没有看见她，她来的时候手里拿了个玻璃容器，里面装满了谷子，打算用来喂鸡。当我看见她时，她就在那儿，在我们面前。我们发现她的时候已经太晚了。她同意我父亲关于同性恋的观点，虽然她说得少些。我看见她的时候，她已经一动不动了，连最细微的声音都发不出，最细微的动作也做不了了。正如人们想象的那样，在这种情况下，她直直地盯着我，总之这种情况也挺普通，就是一个人毫无预警地发现了难以想象的一幕，对此她根本没办法做出反应，嘴巴半张着，眼睛都要从眼眶里睁出来了。

她和我在好几秒内什么也做不了。然后她松开了玻璃盘，盘子摔在劈柴堆上碎了。她没有看盘子，并不像人们打碎东西时那样，低下眼睛看向打碎的容器。她一直盯着我，我都不知道她的目光表达了什么。也许是恶心，也许是悲痛，我不知道。羞愧让我什么都看不见，我马上想到她会把一切都告诉别人，我父亲，她的朋友，村里的女人们，我已经听到他们在说："大家一直都说小贝勒格勒有点儿怪，他和别人不一样，看他说话时的手势，所有这些都让我们知道他是个'娘娘腔'。"

母亲一言不发地走了。我快速穿上了衣服，想要尽快回家，绝望地想要说服她不要告诉别人。如果需要，求她也行。

太晚了。

当我打开门的时候，母亲就在那儿。她的脸上还和五分钟之前一样是僵住的表情，就好像她的余生脸都这样僵住了，就好像这个打击让她的脸永远变形了。父亲在她旁边，脸上是类似的表情。他什么都知道了。他慢慢地走向我，然后一个巴掌，很有力，另一只手抓住了我的 T 恤，那么用力，T

恤都撕烂了，第二个巴掌，第三个……一个又一个，一直都没说话。突然，他说："你永远别再这样了。永远不要再犯，不然有你好果子吃。"

棚子事件之后

之后好几周，我都没有听到有人说棚子事件。我期待它消失。然而，它又无处不在，令我崩溃：我父母每个看过来的眼神都是一种警惕，他们的每个语气，每个动作都让我明白得要保持沉默，都是闭嘴的命令。不要提到这件事，永远不提，说到它都是某种意义上的再犯。

但是它其实并没有离我远去。我也没想到它会爆发出来。我本想我、我父母和我的朋友都很羞愧，羞愧到对任何人都会闭口不言，这和羞愧反而能保护我。但是我搞错了。

那两个男孩在走廊里找到我，他们并不是每天早上都这样做，有时他们不来，因为经常缺勤——就像我和其他所有

艾迪的告别

人一样，用尽所有借口只为不去学校。有的时候，我对这个无休止的"猫捉老鼠"感到恐惧，甚至是厌倦，不想参加，就好像这一切只是个游戏而已。我不去走廊，不去等他们，就不会挨打，就像有些人某一天放弃了所有：家人、朋友、工作……他们选择不再相信自己生活的意义，不再相信只建立在对自身深信不疑基础上的存在。但我去图书馆时，还是怕他们出现，担心第二天被报复。

他们那天似乎特别紧张。我已经学会从他们的脸上看出端倪。在这两年中，每天我都在这同一条走廊和他们遭遇，我比其他任何人更了解他们。我能看出哪天他们累了，哪天他们没那么累。我发誓，有时候他们中的一个显得很烦恼，我居然对他感到某种同情，开始担心起来。我整天都在想他为什么是这种状态。他们对我脸上吐痰的时候，我都能说出他们吃了什么。那时，我很了解他们。

他们微笑着，想要知道新的流言是不是真的。大家都在说这件事，这是学校里孩子们中间最热门的话题。他们想要知道事情的真相。红发高个儿勒紧我的脖子，逼我赶快回答。他冰冷的手指抵在我的后颈，我笑着，感到害怕。他等着我招认我却辩解道："我表哥说的都是蠢话，简直疯了，他在学校里的残疾生班。我可不是他所说的娘娘腔。"我的话显然没有说服力。无论如何，我没法让他们平静下来，尽管这个故事是假的。我表哥说的话太吻合他们对我的印象了。他们生气了，说："娘娘腔，别撒谎了，我们知道是真的。"

　　他没朝我脸上吐痰。在那天早晨，他在我外套的袖子上吐了一口淡绿色的浓痰，因为很浓，所以黏。驼背的小矮个儿也在同一条袖子上吐了口痰。我清楚地记得，那是一件冬天穿的蓝底黑条纹的薄的慢跑夹克。我的大衣丢了，我父母没能给我再买一件。他们说："你自己搞定，就是不要再丢东西了。"思绪回归，他们笑了。我看着黏在我外套上的痰，想着他们今天吐在这里，应该不会吐我脸上了。然后，红发大高个儿对我说："娘娘腔，吞了这些痰。"我又笑了，跟平时一样。不是因为我觉得他们在开玩笑，而是希望通过微笑让情况反转，让它只是变成一个玩笑。他又说："吞了这些痰，娘娘腔，快点。"我拒绝了。虽然我不习惯这样，我以前从来没拒绝过；但是我不想吞痰，我会吐的。我说我不愿意。他们一个抓住我的胳膊，另一个摁着我的头。他们把我的脸按到痰上，冲我说："舔了，舔了，舔了。"我慢慢伸出舌头，舔了那些痰，味道冲进了我嘴里。我每舔一下，他们就用一种温和的、父亲似的声音鼓励我（手还是使劲按着我的头）："好，继续，加油！干得好！"我继续舔着衣服，他们一直这样命令我，直到没有痰了。他们走了。

从这天起，醒来的头几分钟变得越来越不真实。我醒的时候感觉自己醉了。流言传开了，学校里盯着我的目光越来越多。走廊里"娘娘腔"的叫声不绝于耳，书包上贴上了"死娘娘腔"的小字条。在村子里，以前相对而言，成年人是不会对我怎么样的，而这时也第一次开始有成年人辱骂我了。

一个夏日的夜晚，我和几个男孩一起在公路上踢足球：汗水浸透了运动服，临时开始的比赛气氛也很紧张，我们用背包和套头衫放在地上圈出一个想象中的场地。我和斯特凡还有另外几个人是一伙的。

我的无能激怒了法比安、凯文、斯特文和乔丹，这些"伙计们"一下就生气了。"你真菜，都是你才让我们输了，你什么都干不好。下次我们队不要你了。"我不是唯一被这样说的人。我明白，愤怒和脏话也是足球的一部分。

然而，那天晚上，事情向不同的方向发展了。他们中的一个对我说："虽然大家都知道你是娘娘腔，但你最好还是练练足球。"甚至连我表哥都笑了，但我完全不能解释为什么。事实上，我什么都不能说，怕随之而来的后果，而且我也知道向他们辩解是白费。罪行不在于做了什么，而在于是谁做的，尤其是看起来怎么样。

变化

　　我对油菜田味道的记忆不如对农民们让粪肥在阳光下缓缓燃烧时弥漫在村里所有街道上烧焦的味道那么深刻。因为哮喘，我咳嗽连连。我的喉咙底和上颚会积一层东西，就好像挥发的粪肥在我的嘴巴里成型了，变成了一层浅灰色的薄膜盖住了整个嘴巴。

　　我很少会想到刚挤出来的还温热的牛奶，在那些食不果腹的晚上，我母亲就去我家对面的农场要些牛奶，回来后就会说"今天晚上咱们'吃牛奶'"，这是因为悲惨生活而出现的牛奶新用法。

　　我不认为其他人（我的兄弟姐妹、我的朋友）也这样深受农村生活的折磨。我始终不能变成他们那拨人，对我来说，我应该摒弃这个世界中的一切。因为挨打，我咳嗽连连，烧粪便的烟雾让我呼不过气来；对父亲的恨意让我更加难以忍受他所能提供给我的忍饥挨饿的生活。

我得逃。

但是，开始不会一下就想到逃，因为还不知道存在着的别处，还不知道是否有逃的可能。最开始，我尽力变得和其他人一样，我也曾经努力变得和大家一样。

在我十二岁的时候，那两个男孩离开了学校。红发大高个儿开始油漆专业技能培训，驼背小矮个儿则辍学了。他就等着十六岁辍学呢，而且这样也不会有让他父母失去家庭补助的风险。他们的消失对我来说是一次重新开始的机会，即使还是有辱骂和嘲笑。但是，自从他们不在了，学校的生活完全变了样。唯一要注意的是：不要去我本该去的高中，不要和他们在那里碰到。

我决定：要改变现在，改变一直以来的行为方式，在讲话的时候注意自己的手势，学着让声音更低沉，参加绝对男性化的活动，经常踢足球，不再看和以前一样的电视节目，不听和以前一样的歌……每天早晨在浴室洗漱时，我都会不间断地对自己说："今天我会成为一个硬汉。"我重复无数遍，到最后话语已经失去了意义，只变成了一连串的声音符号。我停下来，又接着说："今天我会成为一个硬汉。"我还记得我严格重复的这句话，就像在祈祷一样，就是这句话，正是这句话！"今天我会成为一个硬汉。"（写下这几行文字的时候，我哭了。哭的原因是我觉得这句话既可笑又丑恶。这句话陪伴了我数年，在某种程度上，我想我没有夸张。这的确成了我生活的中心。）

每天都是撕裂般的痛苦——没有那么容易改变。我不是自己想要成为的那种硬汉，但是我早就明白只有谎言才可能造就一个新的事实。成为另一个人意味着我要把自己当作另一个人，相信自己就是那个本不是自己的人。只有这样，才能渐渐地，一步一步地，变成那样。

劳拉

　　要成为男孩当然要通过女孩。就在那两个男孩离开学校的那年，我遇到了劳拉。她刚刚搬进了邻村的一个接待家庭。她母亲决定放弃监护权。我不知道是不是有什么特殊的理由，也许她厌倦了做母亲，也许她太懒了。劳拉只是跟我说："我妈妈不要我了，我想要跟她一起生活，但是她不想。"

　　在学校里，劳拉的风评不好。她开始是跟着她母亲在城里长大的。她突然出现在村子里，她的讲话方式、生活方式以及对村民来说太招眼的穿衣方式，引发了村民的敌意。在学校门前等待的女人们说："小女孩就不应该穿成那样。她还那么小，一点都不自重。"由于她受到的排斥，我才能更好接近她，我选择她来完成我的蜕变。

开始，我是通过一个住在我家附近的密友接近她的。我跟她说我喜欢劳拉——我知道追求女孩的步骤。在我们这些孩子里，一切都是有据可依的。按规矩，我们先写信，要接近女孩就得这样。我拿出一张纸，潦草地写了些话，更确切地说是在几张纸上做了冗长的告白。最后我提了那个制式性的问题："你愿意和我约会吗？"后面是两个小方框，我在一个下面写着"愿意"，另一个下面写着"不愿意"，甚至还细心地在附言里写道："选出你想要的答案。"我去找她了，穿过操场，把信递给她，对她说："你看了之后要答复我。"和信一样，这句话也是规矩的一部分。

之后就是漫长的等待，她迟迟没有答复我。当我从她身旁经过时，我看到她的犹豫和低垂的眼睛。好些天我都没有收到只字片语。我知道她为什么不回复，有几次，我都想要对她说，不仅仅是说，而是在操场中间对坐在凳子上、树上，或随便哪里的劳拉喊她是胆小鬼。我知道，她不接受我是因为她明白——接受我就意味着分担我的耻辱。

我坚持，又写了其他的信。最后，她同意了。

　　她让她的一个朋友给我传话。约会时间是下午放学之后，大家坐校车回家之前；地点定在学校的操场里——情侣们每天在这个地方、在固定的时间接吻。开始，女学监曾想把他们赶走，呵斥那些情侣们："你们要想着自己现在在哪儿呢，不能这样接吻，像在表演一样。你们是在学校。"然后，她就泄气了。

　　劳拉在等着我。她不是一个人。消息传开了，其他人也来看热闹。他们想看我吻一个女孩，看看是不是真的。我沉默着、颤抖着走近了她。我吻了她，把我的唇贴着她的，然后发现她想要把舌头伸进我嘴里，我让她伸进来了。亲吻持续了几分钟。在这期间，我一秒一秒数着，想着什么时候结束。作为男孩，我要主动结束亲吻，还是等着？同时，我又希望这个吻持续下去，想让其他人看到，让尽可能多的人看到，让一群群学生看到。我想要有人见证，让他们因为曾经加在我身上的耻辱而感到愚蠢和羞愧，让他们认为从一开始他们就犯了一个愚蠢的错误，这个错误让他们颜面尽失，受伤不已。亲吻结束了，我想要跑着离开，因为我觉得这件事

艾迪的告别

太肮脏了。

在校车上，我独自坐着，想要把劳拉的口水和味道从我嘴里弄出去。我悄悄地把口水吐在座位下，用手指蹭着牙齿和舌头，想要把嵌入其间的味道驱赶出来。我想要让一切都结束。我想第二天就跟劳拉说没必要继续了。但那天晚上我改主意了，因为我见到表哥斯特凡的时候，他问我："你现在真的有女朋友了？你女朋友是劳拉，就是那个大家都说特别放荡的劳拉？"我在他的问题里感觉到某种崇拜，某种我和他从来没有过的男人间的心照不宣。对我来说，跟那个"特别放荡的劳拉"约会更有价值。这让我成了一个男子汉，成为"劳拉的男朋友"这个圈子里的一员。跟表哥的这场谈话让我彻底改变主意。

因此，我继续天天都在坐校车之前见劳拉，越来越多的孩子知道了我们的关系。我吻她，不光在下课后，连课间和早晨见面的时候，我们都会长时间亲吻。我很高兴别人问我关于她和我、关于我们这对、关于我们的故事的问题。

劳拉给我写了些信，我小心地收在裤兜里，以便我母亲洗衣服的时候能发现。在一天晚饭的饭桌上，她没忍住，开始说话了。但是我们的习惯是吃晚饭的时候不说话，安静地看电视，否则父亲会生气地说："闭嘴，别饶舌。"母亲说："艾迪，你找了个女朋友啊，最好把情书收好。"我装作尴尬的样子。事实上，我勉强才能忍住胸中沸腾的喜悦和骄傲。至少在这个晚上，我消除了母亲的怀疑。她的脸色都明亮了起来。

每天晚上，我都和劳拉打好几个小时的电话。我会告诉父母我晚上都没空，要去和劳拉打电话，让他们不用担心。家里没有座机也没有网络——当时大部分农村的居民都是这样。（直到我写这几行字的时候，我母亲还是没有安装这些。）没有办法，我要去汽车站的电话亭和劳拉通话，然后她会从她的接待家庭给我打电话。

在汽车站，我碰见我的"伙计们"，他们叫我一起玩。我心情特别愉快地告诉他们不行，因为我得要和劳拉——我女朋友通话。我会在电话亭里跟她说上四五个小时，而他们就在旁边。

有一次我吻劳拉的时候，下腹突然一热。我感到了欲望：身体的欲望，不能模仿不能表演的欲望。我勃起了，就像我父亲在他的房间看的色情电影里的男人们一样，父亲回房看片的时候总会说："我要回房间看黄片了，你们别来打扰我。"慢慢地，我习惯了劳拉的陪伴，习惯了我在"恋爱"。我似乎看到我计划的光明前景。人们总是在不断扮演各种角色，但是面具下总有真相——我的真相就是这种改变生活的意愿。

一切都在变好，我似乎痊愈了。在回去的路上，从学校回家的路上，我一再重温这个胜利的发现，就像单曲循环听一段副歌一样，每次都更强劲，而不是平静下来。遇见父母的时候，我希望他们能发现我的变化。我也想象着突然变成一个硬汉的样子，就像我的兄弟们一样。是的，我确信他们能看到我的不同。

但事实上，他们什么都没看出来。

我还记得那天下午：我坐在车上，胸膛里心脏在打鼓，每一下都似乎在说"痊愈了，痊愈了"，整个呼吸都有节奏起来——准确来说，不是呼吸有节奏，而是激动得胸膛上下起伏。我打开门的时候，房门下的小石子发出了尖锐的声音。

我心情澎湃，跟父亲打招呼："爸爸，今天怎么样啊？"

"闭嘴，我看电视呢。"

身体的反抗

我以为我已经摆脱了以前那种不可救药的现实，却忘记现实也会卷土重来。我没料到想要让谎言变成现实，只有改变的意愿和对自己撒谎是不够的。

迪米特里走近的时候，我正和劳拉在学校操场上。他是硬汉的一员，无礼的行为、糟糕的成绩和其他的一切仿佛给他戴上了一个无与伦比的光环。他装作没看见我，直接对劳拉说："为什么你跟艾迪约会？为什么和一个娘娘腔约会？大家都这么说，你是娘娘腔的女朋友。"劳拉的脸上浮现出一个微笑，并不是遮羞的笑。我知道，那是一个心知肚明的笑，是在告诉他她同意他所说的，她什么都知道，其他人已经跟她说过了。有一瞬间，我垂下了头，想要向她道歉，跟她说很抱歉让她分担我的负担。

正是像这样的时刻，让我看清了自己身处其中的陷阱，看清了在我父母和学校的世界里，我根本不可能改变的这一事实。

在一天晚上，那天我和几个"伙计"一起去了迪厅。他们比我大，有驾照。他们说："咱们去夜店。"

他们所有人都是一成年就考了驾照，想着这下就能从村子解脱出去了，这样他们就能去旅行（事实上，他们从来没去过），出行更方便。但事实上，他们从没去过比周围的迪厅或是几公里外的海边更远的地方。

为了获得这小小的、珍贵的粉色证件，他们经常整个夏天都在工厂里做工——那时他们还没有正式进厂。他们没看出这驾照反而和其他一些东西一样，成了把自己捆在这里的因素——区别是从此之后，他们不在汽车站喝酒消磨晚上的时光了，而是在他们的车里喝。车里暖暖和和的，他们一边喝一边听着广播里的音乐。我拒绝考驾照，拒绝去厂里做一个月工，我最终还是决定绝不踏足厂里。无论如何，我已经和他们相去甚远了。

　　那天晚上，那家叫作"大礼帽"①的迪厅里聚集了整个地区的好几百个年轻人。一进入里面，你马上就会被这一大拨熙熙攘攘的密集人群吞噬。本地区的一个小明星在这里开摇滚音乐会。人群在移动着。它看起来却像是一个整体，一个在缓缓移动的巨人的硕大躯体。人们流着汗的身体互相碰撞着，摩擦着。大部分肌肉纠结的躯体除了汗味，还浸润着廉价的须后润肤露的味道，我也是这样。

　　我朝舞台走去，想要看看聚集起这么一大群人的歌手是什么样子。我用手肘推着旁边的人，终于在临时搭建的舞台旁挤出了一小块空间。有些男孩喝醉了，摇摇晃晃地打翻了杯子，让地面都黏糊糊的。在我身后是个男人，比我年长得多，刚才帮我一路开路到这儿。我可能是迪厅里最年轻的人了，他发现了这一点，想要帮助我。

　　他三十来岁。

_____

① "大礼帽"迪厅，法语为 Le Gibus。事实上在巴黎 11 区确实有一家能容纳 900 人的夜店叫 Le Gibus。

他穿着——就象我们村和附近村子的大部分男孩在所有场合都穿的那样，我也穿过很长时间——爱力狮厚运动服，那时候是最流行的，光脑袋上横戴着一顶棒球帽，脖子上一条巨大的金色链子。他的 T 恤上显眼地印着一个嘴巴巨大的狼头。再回想一下这件 T 恤，我觉得又丑又俗。但是那天晚上却让我印象格外深刻。

他喘气的时候就跟牛一样，有力，散发着茴香酒的味道，我能感到他的气息喷在我后颈上。

那个歌手到了：人群骚动起来，向舞台的方向挤过来。男人的身体向我挤过来，贴在我身上，人群一动，我们的身体就会摩擦起来。我们挤得越来越紧。他被逗乐了，尴尬地微笑着，身上散发出汗味。

那个晚上，我一直都感到很热。

我一动不动，让我的身体挨着他的，我简直受不了这音乐了。那晚之后，我一直重复听这首歌，想要至少在我的梦里和想象里重新描画这个男人。歌词一直都刻在我的脑海里：

女孩，你对我说你爱我，我给了你我的全部，

我们一起横向舞蹈。

哦，女孩，优雅地，我们互相迷恋，

像夏日一样热情，我拜倒在你致命的美貌下。

周六晚上的气氛散去，

黑暗中，我辨认出一个漂亮的年轻女孩，

我走近她，问她想不想来一杯。

她回答："咱们不认识，滚吧。"

　　这个夜晚之后，我一个人在家的时候，经常躺在哥哥或是我自己的床上。父母去邻居家喝酒了，要一直到凌晨。"我们五分钟后就回来，就去隔壁阿姨家喝一点黄酒。"一瓶瓶茴香酒喝完后，我父亲还会开车去食品店再买几瓶。母亲还是会给我打电话让我别担心，他们只是和邻居们一起放松放松，她说："我们这样很正常，你父亲整天在工厂里辛苦工作，我白天都在做家务，休息休息也是应该的。"（父亲由于工厂里的事故失业之后，母亲会说："我白天都得做家务，你父亲整天都坐在电视机前不动，我必须要支撑着，肯定有权利放松放松。"）他们不必担心，而且如果我愿意，我可以一个人吃壁橱里的罐头或是把午饭剩下的薯条热热。他们不在的夜晚给了我珍贵的自由空间。

恋爱的终极尝试：萨布丽娜

劳拉写信跟我分手了，她再也受不了要分担我的耻辱的痛苦了。她也许还对我们之间的距离感到痛苦，尽管我也不愿意，甚至她也不能完全解释清楚。几周之后，她就遇到了另一个男孩——她母亲生活的那个城市里的男孩。后来，学校放假的时候她会去看他好几次。她会给我讲和这个新情人一起度过的夜晚，还会讲这个凯文打架的丰功伟绩，他把另一个男孩的鼻子都打断了。"那个家伙对我吹口哨，说我不错。凯文看见了，他对那个男孩说这样太不尊重我了。那个家伙回嘴，突然凯文就把他爆头了，无数人都透过窗户看着这一幕。"

她下意识地——或许比我想得要更故意一些——想要让

我知道我没能为她或陪她做过什么。我从来没为她打过架。
我是那个挨打的，而不是揍人的。

　　我姐姐决定要把我介绍给她的一个朋友。她对我说："你
到了要交女朋友的年龄了。"在我这个年纪，村里的大部分男
孩都在和村里的女孩们约会，甚至有些都已经确定了稳定、
会持续一生的情侣关系了。很快一个或更多孩子的出生会
让他们的关系更稳定，同时也让他们不得不辍学。所以，我
就在姐姐约的晚餐聚会中见到了这个叫萨布丽娜的女孩。她
十八岁，比我大五岁，因此她的身体比我在学校里认识的女
孩要成熟得多——我姐姐也专门强调过这点。我之前说我喜
欢比我年长的女孩，并在那时言之凿凿地详细解释为"发育
得好的女孩"。这让我渐渐陷入了一种怪异的境地，当我面对
萨布丽娜的时候，得要去贴合这个我给姐姐和其他人描述的
形象。

　　这次晚餐是专门为了让我们见面而定的，萨布丽娜的母
亲雅斯米娜也出席了。这个女人讨厌自己的丈夫，等他死都

等得不耐烦了，她明目张胆地说："不知道那个家伙什么时候才会去死，妈的，这也太久了吧。"她每周都会去一个神婆那儿，对方信誓旦旦地跟她说他马上就会暴发急病而死。在这两年中，她每周都会用庄严的语气通知大家："好啦，我丈夫要完啦，他剩下的日子不多啦，下个月就要死啦……"她会给我姐姐打电话说："下周准备参加葬礼吧，我刚从占卜师那里出来，他只能活七十二个小时啦。"她跟我们一起吃饭时，大部分的谈话都是围绕着她丈夫马上重病不治，尤其是怎么分配那微薄的遗产的。

姐姐跟雅斯米娜说到我的时候，就跟父亲在我不在场的情况下跟人谈到我时的话一样。她跟她说我以后肯定会做大学问，成为有钱人的。雅斯米娜希望能跟女儿一起进入更好的阶层，很快就同意了这件事。

介绍仪式开始了。我的对面坐着我姐姐、雅斯米娜、萨布丽娜和她的一个朋友，她们都盯着我，这让我感到很恐慌。我想象着——在这样的时刻，我总会产生些荒谬的想法——

萨布丽娜随时会扑上来抱着我的脖子想要亲我。显而易见这
四个女人很兴奋，她们越兴奋，我就越局促。我强装镇定地
想要掩饰我的局促。我朝着萨布丽娜微笑，想尽方法显摆自
己，谈论我涉猎到的所有话题，如在学校里刚学的东西。我
这样并不是想要惹恼雅斯米娜，她跟我姐姐说到我当时的谈
话："你弟弟挺好，我很喜欢他，他与众不同。"

我姐姐已经做好让我接近她朋友的一切准备，我们喝开
胃酒的时候，她就建议我和萨布丽娜去散散步。她朝我递来
一个心照不宣的眼神，就好像这是我们俩一起实施的计划，
计划正在有条不紊地进行。我也用同样的眼神回复她，嘴角
还露出了一个微笑。

我们去了市政公园散步。我的喉咙又干又紧，很不舒服。
我的心狂跳着，想着当萨布丽娜告诉我姐姐我没能有什么进
展，没能像个真正的男孩那样去吸引她，而是一动不动地待
在那里，很被动，就像——用我总爱学我姐姐的一句话来
说——"沥青坑里的一个软蛋"，姐姐肯定会很失望的。

在我还没说出任何话之前，萨布丽娜就讲开了，想让我告诉她为什么想认识她。其实我并不想认识她，我姐姐骗了她。她这样问的时候，我掩饰住了惊讶，成功地说了些这时该讲的陈词滥调："我觉得你很漂亮，是我喜欢的型……"敢于这样讲，也是我觉得她肯定会把我们的交流详细地讲给其他女孩听，这样她们就会觉得我是个硬汉了。她吻了我，为了让我们的唇能碰到，她轻轻地弯下了腰。拥抱持续的时间实在是太长了，让我觉得呼吸困难、摇摇欲坠。在接吻时，我得鼓起越来越多的勇气才能不逃跑，不发出反感的尖叫，还不能显露出我想要尽快结束的欲望——因为萨布丽娜肯定会告诉我姐姐。

我们手牵着手回去了，就算是当着其他人的面正式确认刚刚产生的关系。我姐姐很高兴地跟我们打招呼："怎么样啊？小情人们。"其他人都鼓掌了。我觉得这种行为很粗俗。这种习惯和行为方式塑造了我，但是我已经觉得它们很不合时宜了，就像我家的那些习惯：光着身子在家里走来走去，吃饭时打嗝，饭前不洗手……慢慢地，我给自己树立了不同于我家人的价值观。

　　就好像她们的每一下掌声都加紧了我和萨布丽娜之间的联系，虽然这段关系才刚刚开始。

　　按照规定（我都不太清楚是谁规定的）我们得要每个周末在我姐姐家见面，姐姐周六晚上带我们去迪厅。在那里，我走动的时候，总是环着萨布丽娜的腰，这是我的新战果。我想要对其他人和我自己展示——我不仅是喜欢女人的，而且还有能力吸引比我年长得多的女人。

　　去迪厅之前，雅斯米娜带萨布丽娜来我姐姐家。她们住在邻村。她们一到，雅斯米娜就开始一个劲儿地恭维我。她确信我又特别又聪明，我会让她女儿也爱学习，赚很多钱。萨布丽娜想要成为助产士。她和村里的其他女孩不同，她们大部分时间都是想当理发师、医疗秘书、售货员，有志气的就想当小学老师，或是有人想当家庭主妇。

　　"萨布丽娜在吹牛，她的大志向根本就是在装腔作势。"渐渐地，和我姐姐一样，她的雄心壮志也在不断减弱，从想要成为外科医生、全科医生、护士、助理护士，最后变成了家庭护工——给病人吃药，"给老人洗屁股"，正是我母亲的职业。

恶心

从迪厅回来，我睡在我父母家，而萨布丽娜在我姐姐家过夜。我们第二天早上要去约会，会在村里的街道上散步，会在汽车站碰见我的"伙计们"，他们星期天去看足球赛之前总是在汽车站附近喝酒。

有一次，从迪厅回来之后，姐姐建议我睡在她那里。雅斯米娜那天晚上会来接萨布丽娜去度假，后者就不能陪她睡了，姐姐不想一个人待着，她讨厌这样，说感到害怕。我当然答应了她的建议。比起在父母家，我更喜欢在其他地方睡，并且我家的房子让我感到很丢人，外墙破烂不堪，我的房间阴冷潮湿，我很讨厌它，而且下雨天还会渗水。

　　一场猛烈的暴风雨把百叶窗吹掉了，它掉下来的时候还砸坏了窗玻璃。我跟父亲说了之后（几周之内，我每天都在重复说窗玻璃破了），他在上面弄了块硬纸壳去挡破玻璃留下的洞。他还不断向我保证："别担心，正好我可以再买个窗户，这之前就先这样，不会一直都这样的……"但是，他一直都没换这扇窗户。

　　那块硬纸壳很快就浸透了水，得要经常更换。尽管我很努力，并且很注意更换硬纸壳，水还是渗进了我的房间。墙壁、水泥地板和木质的床都变得很潮。

　　我睡在我妹妹的上铺，坚持要睡在上铺就得每天爬小梯子。我上去的时候床总会吱吱作响，但这响声是正常的。我并不担心，因为我们知道这是由于潮湿。

　　一天，我像每个晚上一样爬上去，床并没有比平时响得更剧烈。但我刚一躺下，就感到床被我压塌了。雨水慢慢腐蚀了床板，脆弱的床板就这样断了。床板压上了妹妹，断了的床板把她弄伤了。从这天起，尽管父亲修修补补，我的床板还是经常掉到妹妹的床上。

所以，我很高兴她请我去她家睡，睡她那刚翻新的小
公寓。

我们和之前的周末一样，去了迪厅。

回来的时候，我姐姐说她得要去找个朋友。这时我就明
白了，这个理由根本站不住脚——凌晨五点，我们筋疲力尽
地从迪厅回来，甚至村里的路灯都关了，她不可能这时去找
朋友。她还不断对我眨眼，像是在告诉我她在撒谎。她又说：
"这样，你和萨布丽娜就待我在家，她妈妈明天来接她。这样，
雅斯米娜就不用半夜开车接女儿回去了。"而且，最重要的是，
我姐姐去朋友家了，我们俩就能睡在姐姐的床上了。萨布丽
娜没藏住她和我姐姐早有预谋的秘密，而且她还从包里拿出
了洗漱用品。大家都知道了。我是唯一被蒙在鼓里的。

我又一次作茧自缚。我一想到要和萨布丽娜过夜就感到
害怕，但是我什么都不能说，任何话都可能让我的形象坍塌。
我知道和我一起过夜的她期待着什么——我们年龄不同，而
且她越来越明显地提到性。

我对姐姐眨了下眼。

她走了。

我和萨布丽娜去睡觉了——我现在也不知道当时用了怎样的方法，我尽量不跟她说话，不看她。我吻了她，和往常吻她一样感到轻微的恶心。我转过身去，离她远远的，睡到床的另一端，远得身子就快要掉下去了。

我以为我睡着了，但是萨布丽娜每一下的触摸都让我回到现实。我借口说我突然哮喘，我得要回家，回我父母那儿去。我哮喘要发作了，这样很可能会死——最近我祖母的死也证明了，这样很可能死去。

第二天，我离开了萨布丽娜。她对着我哭，而我无动于衷。

第一次尝试逃走

和萨布丽娜的交往，在成为硬汉的意愿和无法掌控的身体的交锋中，我失败了。这是违反我的家人和整个村子意愿的，然而，我还不想放弃，不断重复那句萦绕不去的话："今天我会成为一个硬汉。"和萨布丽娜交往的失败让我更加努力。我注意让自己的声音低沉，再低沉。讲话时我尽力控制自己不要动手，我把手滑进口袋，让它们别动。那天晚上之后，我对足球更加感兴趣了。我在电视上看球，背过法国队球员的名字。我跟我的兄弟们和父亲一样，也看自由式摔跤。我用强烈表达对娘娘腔的仇恨的方式来让大家不要怀疑我。

我要上三年级了，马上就要初中毕业了。这时，又出现了另一个男孩，比我更娘，人们给他起了个绰号"冬穴鱼"①。我恨他不能分担我的痛苦，没有想着要分担我的痛苦，没有试着和我接触。但是这种恨又混杂着一种亲近的感觉，感到在我身边终于有了和我类似的人。我着迷地看着他，好几次试着接近他（只有当他独自在图书馆的时候，因为不能让人看到我和他讲话），他却总是保持距离。

一天，走廊里出了点动静，很多学生聚集在那里。听不清他在说什么，我朝他喊道："娘娘腔，闭嘴！"所有学生都笑了。大家都看着他，也看着我。在走廊里辱骂他的这一刻，我终于成功地把耻辱转嫁到了他身上。

日复一日，月复一月，随着那两个男孩离开初中，也因为我付出的巨大努力。不论在学校还是家里，我得到的辱骂越来越少。但是，辱骂越少，就越让其在来临时显得猛烈和难以承受，每一天、每一周都让我更加忧郁。尽管不那么频繁，但辱骂一直存在——虽然我尽力让自己更爷们儿。这些

---

① 在法国表示白痴、蠢蛋的意思。

侮辱并不是建立在被辱骂的那一刻的态度上的，而是建立在大家长时间在心里对我认识的基础上。这让我无法忍受。

逃走成了我唯一的选择，我别无选择。

但我想要说明的是，我的逃避并不是蓄谋已久的——就好像我是渴望自由的动物，就好像我一直想要逃走。恰恰相反，逃走是我经历了一系列关于自身的失败之后，能够想到的最后的解决之道。开始，逃走对于我来说是一种失败，是一种屈服。在那个年纪，成功意味着和大家一样。

我尽了一切的努力，但仍不知道怎么逃。我得要学习。人们说逃走是困难的，是因为思念和牵绊住我们的人或事，而不是因为不知道逃跑的技术。我一开始的逃走显得既笨拙又可笑。

我和劳拉分手后不久，我父母正在花园里准备烤肉。我一边想着出走计划，一边往我房间走。因为我拒绝去看着烧烤的火，我怕烧着自己，父亲说了我几句："你真是个娘们儿……"在房间里，我收拾了些东西放在一个背包里。我已经决定要永远离开了，一去不复返。

我弟弟来了，他很小，只有五岁，很可能还不到。他问我在做什么，我回答说我要永远离开了，希望他去讲给父母听——他习惯如此。他没动，一动不动地待在那儿。我又试了一次，改变语气重新说了一次，想要让他明白我正在做的事是被禁止的。"我走了，我要永远离开了。"他不懂。我又试了一次，还是没有反应。最后，我做了个建议，我知道这对他来说是决定性的。我跟他讲我给他奖赏，一些糖果（我说"糖糖"）。他离开了房间。我听见他的脚步越来越远，已经在叫着"爸爸，爸爸"。我跑着离开了，狠狠地摔了一下门，希望父亲能听见，明白弟弟说的是真的。

我在村里的街道上跑，背着背包。速度一直很理智，我想让父亲跟上我，因为我感觉到他就在我身后的几十米之外。他先喊我的名字，然后又闭嘴了，不想家丑外扬，给在学校门口谈话的那些女人们提供第二天的话题，他不想招来闲言碎语。我藏在一个树丛后，父亲从我面前过去了，没看见我。他没看见我，我心中立刻就害怕起来，害怕他失去了我的踪迹，让我留在那里。我是不是得要在外面过夜？就在寒冷中？
我吃什么？我会变成什么样？我胡乱地想着，我使劲咳嗽，
想让他听见。

他转过身，看见了我。他一把抓住了我的头发，说："你
真是个小混蛋！蠢蛋！你为什么这么做！笨蛋！"他抓着我
T恤的袖子使劲摇，T恤都撕烂了。

之后，母亲讲到这件事时总是笑，说："妈的，那天你犯
的可不是小错，你爸可要好好揍你一顿。"

他使劲拽着我胳膊把我拉回了家。他让我回自己房间，
我在那里哭了，他几个小时之后进来时我还在哭。他坐在下
面的床上，我能闻到他身上的酒味。他哭了："不要这么做，
你知道我们爱你，别想着逃走。"第二天，母亲说："你这一逃，
让他比平时上头快，真是让你爸烦恼啊！"

窄门

必须逃走。

之后我要上三年级，得要选择人生方向了。我坚决拒绝去阿布维尔那个我本该去的高中。我想要远离父母，再也不要见到那两个男孩。到一个未知的地方对我来说意味着我不会再被当作娘娘腔。一切都会重来，重新开始，重生。我在初中参加的戏剧俱乐部给我打开了一扇意料之外的大门。我在戏剧上付出了很多努力。开始父亲对此气愤不已，在这个年龄，我已经开始根据（确切地说是反对）他来确定自己的行为了。然后，可能因为我有一定的喜剧天赋，演戏对我来说成了一种获得承人的方式，因为这样能让别人喜欢我。"啊，贝勒格勒家的儿子在学年末演的戏真是让人哈哈大笑。"我姐

艾迪的告别

姐很骄傲地说:"你也许是未来的布莱德·皮特。"

我还记得,在学年末的一天晚上,我们在初中附近的节庆大厅演出我专门为此而写的小剧目。那是在一个小酒吧里,众多人物鱼贯上场,自我介绍,讲他们的故事,唱歌。我演的角色叫热拉尔,是个酒鬼,妻子离开了他,他几乎成了流浪汉。我唱道:

"热尔梅纳,热尔梅纳,

华尔兹或探戈,

全都一样,

都在告诉你我爱你,

我爱坎特伯雷啤酒,哦,哦,哦……"

我还记得,那天晚上的那两个男孩也在大厅里。可能那时他们已经上高中了。他们很可能是来照看家里的孩子的,或只是因为好奇而来。

我还记得当时看到他们的恐惧,想象着他们会在出口处堵我。节庆大厅并不大,我可以清楚地看见他们半明半暗中的面孔。我表演我的剧目，一想到他们会在我的两句台词中间安静的时候，当着我母亲和其他所有人，大喊"娘娘腔"，我就吓得动弹不得。我坚持到了最后。结束的时候，他们俩都站了起来，很激动，竭尽全力地喊："太棒了，艾迪，太棒了！"

他们大喊我的名字"艾迪，艾迪"，所有到场的村民（大约有三百来人）突然都跟着他们有节奏地喊起了我的名字，同时有节奏地鼓掌，并向我投来赞赏的目光。一时之间，现场很难安静下来。谢幕的时候，我又和剧团的所有成员一起上台，他们还在喊我的名字。这一晚之后，我再也没有见过他们，我想这是我这一生最后一次见到他们。

一天下课的时候，初中校长来找我，跟我说起了亚眠的马德莱娜－米奇力高中。亚眠是我们省最大的城市。但由于害怕，我从来没去过那里。父亲总是跟我重复那里有很多有色人种，都是一些危险的人。他说："在亚眠，只有黑人和阿拉伯人。妈的，一去那里，你就会觉得自己在非洲。不要去那里，去了你肯定会脱层皮的。"他一直跟我重复这些话，就算我反驳只不过是因为他是个种族主义者而已——我做一切都是为了反对他，和他不同——但他的话还是让我心中不安。

马德莱娜－米奇力高中有专门准备戏剧艺术科高中生毕业会考的学部。要上这个学校，得要通过一个选拔性考试，然后提交材料，并通过面试。在校长建议我试试考这所学校之前，我从没想过参加高中生毕业会考，更没想过参加全科考试。我家没人参加过，除了小学老师，市长或是杂货店老板娘的孩子，全村也几乎没人参加过。我跟母亲说的时候，她几乎都不知道这是什么。她还嘲笑我："现在，你要参加文化人的会考了。"

我和校长的女儿，一个年轻的戏剧演员，一起准备面试时我要表演的剧目。她母亲允许我不用去上课，还可以自由使用一间教室。我准备得筋疲力尽。我不想让这次机会溜走。高中可以住校，这样就可以远离我们村。

母亲警告我说："只有住宿费也包了的情况下，你才能去上你的戏剧高中。我们可负担不起住宿费，要不你就去阿布维尔，本来就该是那所高中。"父亲则说："我不明白你为什么不愿意像大家一样去阿布维尔，你怎么总是要标新立异。"

要说服父亲在面试那天送我去火车站可不容易。"为了你那演戏的蠢事而浪费汽油，老实说，真不值得。"火车站离村子有差不多十五公里。好几天里，他都信誓旦旦地跟我说他不会送我去的，我瞎想也改变不了什么。直到去的前一天，他突然改变了主意，说："明天别忘了上闹钟，我送你去火车站。"

他经常这么做，他总会拒绝我的请求，直到最后一分钟才让步，心满意足地看着我哭鼻子，求他好几个小时。他总能从中得到乐趣。我七八岁的时候，他把我的毛绒玩具送给邻居的孩子——没有什么明确的原因——那是我抱着睡觉、一直陪着我的玩具，别的孩子也都有这么一个玩具。我哭了，像个小恶魔一样在整个房子里跑来跑去抗议。而他看着我，

艾迪的告别

笑了。1999 年 12 月 31 日，就在圣西尔韦斯特节 [1]，他对我说午夜十二点将有一个小行星撞上地球，我们所有人都会死，没有任何幸存的可能。"好好享受生活吧，因为不久之后咱们就都死了。"整个晚上我都在流眼泪，呻吟着，不想死。母亲抗议，说他不应该在新年的时候跟我开这种玩笑，让我可怜兮兮地坐在家里的楼梯上，不能好好享受新年的到来。她试着安慰我："别听你爸爸胡说，来吧，咱们看电视，能看到埃菲尔铁塔哦。"母亲讲的这些并没用，我只相信父亲的话，他是家里的男人。那天晚上也是，他的笑声回荡在公共房间里。

第二天早晨，他比说好的时间早了半小时到了我房前，说："来吧，快点。如果早到了，你就在火车站等着。"我跑到浴室里去准备。我没有刷牙，父亲也没用浴室，他早晨不洗漱。他穿上一件 T 恤、一条裤子，用水把脸一抹，然后点上一根烟，坐在电视机前看新闻或是电视购物。

坐上车后，我们总共有一个小时的时间走十五公里的路。

①La Saint-Sylvestre，圣西尔韦斯特节，法国传统节日，每年 12 月 31 日，人们呼朋引伴，聚在一起跳舞喝香槟，到了午夜 12 点互相拥抱，庆祝新年的到来。

我们什么都没说。为了驱散沉默带来的尴尬气氛，我请他打开收音机。他知道节目里放的所有法国通俗歌曲，也会跟着哼唱起来。有时，在两首歌中间，他会开始说："让我在这个点为了你那愚蠢的戏剧跑来跑去，说真的……"但我牢记母亲的话："你父亲总是抱怨，但是别在意，他没什么坏心。他抱怨就是打发时间，因为他不知道可以做点儿别的什么。"

到了火车站，他命令我下车，然后又改变了主意，让我等一会儿。我看着他，很吃惊，等着他说令人不愉快的话。他在口袋里翻了翻，拿出了一张二十欧的票子。我知道这太多了，比他能给我、应该给我的多得多。他对我说我可能会需要。"你今天中午一定要吃饭。我可不希望你当着其他人的面丢脸，不希望你因为钱少就和别人不一样。今天中午你全花了，一点都别带回来，我不希望你跟别人不一样。但是你要特别小心，因为城里全是阿拉伯人。如果有阿拉伯人看着你，你就垂下眼睛，别耍滑头，别惹他，那些人总是有兄弟或是表兄弟藏在别处。如果你打他，之后就会有好几个人来揍你，你会被打死的。如果有人和你要钱，你就什么都得给了。钱包、电话、所有东西……但你要记住，身体最重要。现在，去吧，尽量挺过面试。"

我坐火车到了亚眠。我很紧张，每次停车的时候，都觉得随时会拥出一群阿拉伯人朝我扑上来，把我的东西全偷走。

去米奇力高中的路上，我低着头走得很快。每次一有黑人或是阿拉伯人跟我走上同一条人行道——事实上，他们的人数并没有那么多——我就感到无比恐惧。

一些人和他们的父母一起在走廊上等着。我很高兴我是一个人过来的，我感觉自己更成熟了，同时又觉得苦涩，嫉妒这些年轻人和他们家人更能互相理解。我觉得他们的父母在跟自己的孩子讲话时，有些少年的气质，就好像他们生活条件的优越和性格的温柔是成正比的。

一个白头发的高个儿男子从面试大厅里走了出来，叫了我的名字。他说："贝勒格勒，轮到您了。"这是考试的第一部分，之后才表演我准备的那个剧目。要回答关于戏剧和促使我想要读这所高中的原因的一些问题。我已经早就思考过所有的答案了——对戏剧的热情、艺术在我们的社会和历史中的重要性、开放的思想……都是些陈词滥调。

询问我的教员是一名白发男子，叫热拉尔。我考上这所高中之后，他成了我的戏剧老师。两年之后，他向我吐露——带着他标志性微微的讽刺语气——说我恳求他允许我上这所高中的时候，几乎都要朝他跪下了。他模仿我说："先生，请带我离开那儿吧。可怜一下我吧。"他对我说我不断微笑，这让他觉得不自然，但是却被其中散发出的强烈意愿或者应该说是绝望打动。他对我说："考试的第二部分、表演剧目的时候我又来了，你的声音里一直有某种在乞求的东西，一直都有。"

这次面试中，我认识了一个叫法布里斯的男孩。我们聊了聊，并保证如果两个人都被录取了，开学我们就当朋友。整个夏天我都在想法布里斯。事实上，我想的并不是法布里斯，而是在亚眠建立一个真正的朋友圈的前景——一个真正的男孩的朋友圈，而不是总和女孩做朋友。

　　整个夏天我都在等高中的通知，但它一直都没来。父母向我保证什么都没收到，还抱怨道："你把我们搞得头昏脑涨的。"

　　什么都没有。我绝望了，他们甚至都没费事通知我没被录取。我度过了一些不眠之夜，最终，我听天由命了。想着我得要去阿布维尔高中，重见那两个男孩，重新经历初中时的那些场景。

　　我在计划着结束学业。

　　八月初或八月中的一天，在吃完晚饭后，我在房间里看电视，父亲突然叫我去公共房间。

　　他宣告说他在大约一个月之前收到了一封信——直到这时他都没想到要给我看。这样说着，他露出被逗乐了的神情，让我明白他说的并不是真的，他藏着这封信是为了让我在整个夏天都在煎熬中度过。

　　我拿过了信，信上写道："贝勒格勒先生，马德莱娜－米奇力高中荣幸地通知您……"

我突然跑着离开了。刚好听见母亲说："他又干什么蠢事？"

我不想待在他们身边，我拒绝和他们分享这一刻。我已经走远了，从此之后我就不再属于他们的世界了。我跑到田里，那天晚上我走了很久，感受到了北方的凉爽。我走在土路上，闻到了油菜花的味道——这个时节正浓。

整个晚上我都在规划远离这里，开始我的新生活。

尾声

几周之后，

我走了。

我准备好了住校。我没有带大箱子，

而是带了一个大运动包，

这个包曾经属于我哥哥，然后是我姐姐。

衣服也是，

大部分曾经相继属于我哥哥和我姐姐，

有些属于亲戚家的兄弟姐妹。

到了火车站之后，

我对黑人和阿拉伯人的恐惧淡了。

艾迪的告别

我已经想要远离父亲，远离他们。

我知道将开始颠覆我全部的价值观。

宿舍没在米奇力高中。

更远些，在城南，

离学校两公里多。

我之前不知道，拿着我的海军蓝运动包到了高中。体育老师罗瓦庸先生看到后笑了，说：

"啊，不，小家伙，宿舍在城里的另一边，要坐 2 路公交车才能到。"

母亲没给我坐公交车的钱。

她也不知道我要坐公交。

我沿着公路走着，

拦住路人，问道：

"对不起，对不起，我要去……"

他们没有回答，

在他们的脸上我看到了恼怒和担忧。

他们可能认为我会向他们要钱。

我终于找到了宿舍。

我的手指已经通红，几乎要流血了——因为我拖着我的行李，那个运动包，走了好几公里的路。

现在我还记得，我在胳膊下夹了一个塑料袋，里面装着枕头。

别人肯定觉得我很好笑，或是把我当作了流浪汉。

到宿舍后，我被告知我独自住一个房间，和其他住校生没在一起。

我很少见到其他住校生。

这是另一所高中的宿舍，他们同意接待我。

我太陶醉了，根本就感觉不到失望。

我想我可以在高中里交朋友，宿舍没什么，只是个逃避的空间而已。

开学了，

艾迪的告别

我感到有些孤独。

这里的人大家都互相认识，他们来自同样的初中。

但是他们会和我讲话：

"今天中午你和我们一起吃饭吧，你叫什么，艾迪？"

"艾迪这个名字真奇怪，是个昵称吧，不是吗？"

"你真正的名字不是爱德华吗？"

"贝勒格勒，姓贝勒格勒可真是一言难尽，人们不会嘲笑这个姓吗？"

"艾迪·贝勒格勒，妈的，艾迪·贝勒格勒，这个名字真长……"

发现了一些我已经预料到的东西，

已经划过我的脑海。

这里的男孩打招呼都拥抱，而不握手，

他们背皮包，

他们的举止很讲究，

在初中这些都会被当作"娘娘腔"。

有产者对身体的使用是不同的，

他们对男子气概的定义和我父亲，和工厂里的男人们是不一样的。

（之后在师范学校①就更能看清楚这一点，资产阶级知识分子身体的女性化更明显。）

开始，我看到他们的时候，也这样对自己说。

我对自己说：

"好一群娘娘腔。"

同时也感到放松，

"也许我不是娘娘腔，不是像之前自己想的那样，

也许我只是长了资产阶级的身体而已，只是这具身躯被我童年的世界束缚。"

我没有去找法布里斯，他在另一个班，

但是我并不担心，我想要的并不是他，不是这个人，而是他所代表的身份。

---

① 法国上高等师范学校的人一般会被认为是社会精英。

艾迪的告别

我和夏尔·亨利越走越近，他成了我最好的朋友。
我和他一起消磨时间，一起谈论女孩。

班里其他人说：
"艾迪和夏尔·亨利总在一起。"
我很高兴听到这些话，
我希望他们说得再多，再大声些，
希望他们去我们村；
希望他们说，希望大家都能听见——
"艾迪有个好朋友，是一个男孩，
他们谈论女孩、篮球（夏尔·亨利学我的），
他们甚至玩曲棍球。"

但是，我感到夏尔·亨利在逃避我，
他和其他男生玩得更好，
那些一直以来也做运动的男生，
他们也听音乐，和他一样，
肯定也更热烈地谈论女孩，

一场保住友谊的战斗开始了。

一天早晨，

是十二月，开学两个月之后，

一些学生戴了圣诞帽，

我穿着为了高中开学专门买的外套，

刺眼的红黄配——爱力狮牌。

买的时候我很自豪，我母亲也很自豪，她说：

"这是你上高中的礼物，很贵，买这个我们可是大出血了。"

但是来到高中之后，我就看出它和这里的人并不搭，这里没人这么穿，男孩们穿着绅士的大衣或是羊毛外套。就像嬉皮士一样，我的外套引人嘲笑。

三天之后，我满怀羞愧，把它扔进了公共垃圾桶。

我跟母亲撒谎说"我把衣服弄丢了"，她哭了。

我们站在走廊里，一百一十七号门前，等着老师柯迪耐夫人。

艾迪的告别

有人来了，

是特里斯当。

他问我：

"哟，艾迪，还是这么娘娘腔？"

别人笑了。

我也笑了。